「ふん。どうせ奴隷狩りでしょ。
このあたしがいるのを
知らないなんて不運ね。
あたしは魔神狩りのアルジェナよ」
そう言ってアルジェナは剣を構える。

奴隷狩りにやってきた
魔公爵・ゴォザックに村を蹂躙されるセア。
しかし――

セアはあきらめることなく戦いを挑む。
その時、彼に眠っていた勇者の力が覚醒する！

部屋の奥には豪奢《ごうしゃ》な椅子がフワフワと宙に浮いていた。
そこには小さな女の子が座っていて、見た目は十一歳くらいだろうか。
少女が手を動かすと、宙に浮いていた水晶が動く。

異世界最強の中ボスは999《レベル》

ISEKAI SAIKYOU NO CHUUBOSS HA LEVEL 999

～勇者はカンストレベルを99だと勘違いしているようです～

神伊咲児 Sakuji Kamii ／ イラスト 片桐

Contents

第一話　魔公爵は転生者

視界には青空が広がっていた。
空は明るいのに青い月と赤い月がぼんやりと浮かぶ。

「ここ……。どこだ？」

手を空に向かって伸ばすと青い肌が目についた。
え……？　この肌は??
額には小さな角が生えている。
後頭部が痛い。

「ザウス様！　大丈夫でございますか？」

俺の元に駆け寄ってくるのは美少女だった。
メイドの格好をして木刀を構えている。
彼女は……。そうだ、メエエル。俺の世話係だ。

どうやら、剣技の最中に転倒して後頭部を打ったらしい。
「今、回復魔法を使いますので。ジッとしていてください。回復《ヒール》！」
すると、後頭部の痛みはたちまち消えた。
ああ、そうだ。俺は、剣と魔法の異世界の住民だった。
都仲《となか》はじめ。三十二歳。
それが以前の俺だった。
ブラック企業に勤める社畜。
思い返せば頭を下げてばかりいる毎日だった──。
『全てこちらのミスです。すいませんでした』
謝罪は俺の日常。
部下は俺より若い子たちで生活を謳歌《おうか》していた。
『都仲主任。今日、彼氏とデートなんですよねぇ……』
『ああ、いいよ。行っといで。仕事は俺がやっておくからさ』

部下の失態で客先に謝罪をし、その分増えた仕事を俺がやる。

『主任って優しいよね』

『ほんと、いい人！』

『俺、この前、仕事で失敗したんだけどさ。客先に謝ってくれたの先輩だぜ。あの人、底なしにいい人だよなぁ』

『都仲は次期、課長だよ。あいつなら良《い》い仕事をしてくれるだろう』

部下の評判は良かったかもしれない。上司の評価も上々だ。

別にいい人を演じたかったわけではないが、部下が困っているから助けただけだ。

俺を褒めるのは自分にとってメリットがあるからだろう。

俺の気分を良くすれば、自分の仕事をしてもらえる。だから、俺を評価するのだ。

『都仲は便利な奴《やつ》だよ。ククク……』

こんな上司の声を聞いたことがある。どうせ、部下たちもそんな風に思っているのだろう。

俺が好きとか、敬意を抱いているとかの感情は一切存在しない。

そんなことは重々承知だった。でも――

人助けをするのは、人として当然ではないだろうか。

育った環境なのか、あるいは親の教育か。それはわからない。でも、誰かを助ける行為は当たり前だと思っていた。

しかし、熟《こな》す仕事は膨れ上がり、サービス残業は増えまくった。

上司と部下たちはニヤニヤと笑って、俺に仕事を振ってくる。

俺を都合の良いように利用している。それはわかっていた。しかし、みんなが困っているのだ。やらなければならない。たとえ、俺の休みを返上してでも、サービス残業になろうとも。困っている誰かを助けるために、俺が動かなければいけないのだ。

人として……。などという信条が自分を苦しめる。気がつけば動悸《どうき》は激しさを増し。病院のベッドで寝込んでいた。そのまま眠るように……死んだ。

なにも良いことはなかったな。

仕事が忙しくて恋人もできなかったし……。ああ、これは言い訳か。奥手の俺には女っけなんかなかった。

仕事仕事で大好きなゲームはほとんどできなかったな。

もう二度と、あんな人生は送りたくない。

——そんな俺は生まれ変わったのだ。
魔公爵の息子、ザウス・ジャーメルに。

今は十五歳。
ここは魔公爵城。
青い肌と額の一本角は魔族の証《あかし》だ。

「魔公爵……。ザウス……。メエエル……」

あ……！

「これ、ブレイブソードクエストの世界だ！」
「ど、どうされたのですかザウス様？」
「……いや。なんでもない」

そうだ。

彼女はメエエル。

ブレイブソードクエスト、略してブレクエの超人気キャラクターで、主人公である勇者セアの恋人になるヒロインキャラだ。

モデルのような神スタイル。ピンと伸びた背筋は、女子アナを彷彿《ほうふつ》とさせるいい容姿だ。

頭から羊のような角を生やしているのは魔族だからか……。

間違いない。彼女はブレクエのメエエルだ。

そして、俺は、中ボスの魔公爵ザウス。

勇者セアに殺された父親の仇《かたき》を討つために戦いを挑み、彼に倒される運命――。

最悪だ……。

前世では社畜の過労死。

転生した今は、主人公に倒される運命の中ボス。


「ザウス様ぁ!!　大変でリザぁ!!」


そう叫ぶのは部下のリザードマン。

トカゲの顔……。ゲーム画面ならなんてことはないが、リアルで見るとキモイな。

「ゴォザック様があぁあ!!　ゴォザック様が勇者に倒されてしまったリザぁ!!」


ゴォザックとは俺の父親……。完全にゲームと同じだ。

ブレクエは大好きなゲームだった。

設定集を読《よ》み漁《あさ》り、攻略本を片手にプレイしまくった。

だから、裏設定だってよく知っている。

奴隷狩りで村を襲ったゴォザックは十歳の主人公に倒される。

主人公のセアは勇者の力を持っていて、覚醒した力で魔公爵ゴォザックを倒す。

ゴォザックが倒されたのは、ザウスが十五歳の時だ。

ザウスは五年間、主人公のことを恨み続け、二十歳の時に戦いを挑む。

その時の主人公は十五歳。レベル40くらいだったと記憶している。

対するザウスはレベル66。苦戦するレベルだった。

でも、主人公は仲間と協力してザウスの固有スキルを封印し、主人公の固有スキル【勇者の一撃】で倒してしまう。

あの時は痺《しび》れたな。なにせ、格上の相手を一撃で倒すのだから。

ブレクエの面白いところはこれがチュートリアルだということだ。

ザウスを倒すまでも骨太なストーリーとなっていて、かなりのプレイ時間を費やすことになる。

それによりプレイヤーはカンストレベルを99と誤認してしまうのだ。

でも実は、本編のカンスト値は999。これは説明書にだって書いてない製作者側のトリックだ。

しかも、ラスボスだと思っていたザウスはチュートリアル用の中ボスにすぎない。ラスボスはザウスより遥《はる》かに強い魔王だ。

本編だと思って楽しんでいた物語がチュートリアルで、そのあとに壮大で面白い本当の本編があるんだからな。人気が出るのもうなずける。


えーーと、今のレベルが気になるな。

突然、ステータス画面が空中に表示された。

そこにはレベル10と表示されている。

五年間でレベル66まで上げるわけか。

そして、勇者に倒される……と。

よりにもよって中ボスか……。転生するなら、せめて魔王にしてほしかったな。中ボスなんて完全に雑魚キャラじゃないか。


ブレクエは勇者が魔王を倒す、シンプルでありながら王道のＲＰＧだ。

でも、やり込み要素はしっかりあって、レベルアップによる強化は当然のこと、サブクエスト、モンスター育成システム、レアアイテム集め、レア武器生成とやることは盛りだくさん。

ヒロインたちとの恋愛パートは特に印象深い。恋愛シミュレーションゲームさながらのヒロインの数と、好感度によってさまざまな分岐を楽しめた。

裏技を使えば、全てのヒロインをモノにするハーレムルートもあるしな。ユーザー間では『こっちがメイン』とばかりに大人気だった。

あと、乗り物とか岩巨人《ゴーレム》を作ったりな。料理と釣り。農地開拓なんかもあったと思う。とにかく、やれることがたくさんあって熱中できるゲームだったな。

いかん……。想像したらまたやりたくなってきた。

ノスタルジーに浸っている場合ではないな。今は現実を見つめ直す時間だ。

「「「うう……。ゴォザック様ぁ……」」」

部下のモンスターたちは泣いていた。

主人の死を悲しんでいるのだろうか。

俺は前世の記憶が影響していたのか、父親には親子としての愛情は湧かなかった。

魔族、とはそういうものなのかもしれない。

だから、父親の死なんかどうでもいい。

そもそも、ゴォザックは残虐非道で悪魔みたいな男だったからな。悪役キャラだといえばそれまでだが、毎日、誰かを殺して楽しむ。死んで当然の存在だ。まぁ、裏設定でもそこまで魅力はなかったしな。興味がないのは当然か。
問題は爵位を継いだ俺なんだ……。

どうしよう？　逃げるという選択肢もあるが……。

爵位を放棄すれば運命は変えられるかもしれない。
しかし、こんな異世界でどうやって暮らす？
そもそも、公爵領は魔王から預かっているものだぞ。
俺が逃げれば魔王に命を狙われるのは確実だ。

最悪だ。
逃げれば魔王に命を狙われて、このままでは五年後には勇者に倒される運命。
八方塞がりとはこのことか。
部下と上司の板挟みを彷彿とさせる。まるで前世の俺じゃないか。
どう転んでも最悪の運命。

「ザウス様……。お気をたしかに……。このメエエルがついております」

彼女はそういって柔らかい手を項垂《うなだ》れている俺の体に添えてくれた。
「これからはザウス様が魔公爵になります。魔公爵城の主人でございます」

……待てよ。

俺の周囲ではモンスターたちが泣いていた。
それはオークとか、ゴブリンたち。
よくよく、考えればこいつら全員が、俺の部下だ。
そして、立派な魔公爵城……。
横には美人なメイド……。
俺が勇者に殺されるのは五年後……。
逆をいえば五年間は生きられるということだ。
ゲームのザウスはレベル66で倒されたから、つまり――。
五年間で勇者に倒されないだけ強くなればいいということになる。
あれ？　いけるかも。

第二話　勇者と魔公爵

散乱するのはモンスターの死体。
周囲の家は燃えている。
そんな中、一人の少年が立っていた。
やや青みがかった銀髪。幼《おさ》なくも精悍《せいかん》な顔つきに、強い意志を宿す鋭い眼光。
少年の名はセア・ウザイン。
齢《よわい》十歳にして強大な力を覚醒させる――。

「これ……。僕がやったのか……？」

彼の発した光の波動によって、眼前の大地は抉《えぐ》れ、大木が破壊されていた。

（ふは！　僕はこんなに強かったのか！）

その少年は勇者の血を引いていた。
セアの覚醒によって、ゴォザック率いるモンスターの軍団は全滅したのである。

村人は彼を讃《たた》え、助かったことに安堵《あんど》した。

消滅した魔公爵は、ゲームのシナリオ通りといってもいいだろう。

彼は、奴隷集めにこの村を襲い、セアに倒されたのだった。

（ふふふ。僕の力でふっ飛んだよ。いい気味だ。悪は死んで当然なんだ。悪は滅ばなければならない。たぎるぜ！）

＊　＊　＊

「いや～～。セアのおかげでこの村は助かったよぉ！　本当にありがとうなぁ！」

今は宴会の最中。村人が彼に感謝をして、ご馳走《ちそう》を振舞っていた。

「セアは亡くなった親父《おやじ》さんの血を引いたんだなぁ」

村人は嬉《うれ》しそうにセアの背中を叩《たた》く。

彼の父は勇者である。魔公爵に戦いを挑んで殺された。

この大陸には魔公爵のモンスターが蔓延《はびこ》っている。

(こんな世界はクソだ。僕が世界を変えなければならない。たぎるぜ)

「この村はセアがいるから安心だな‼」

「本当だ。セアはすごいよ！」

「最高だぜセア！」

「ほらぁ。葡萄《ぶどう》ジュースで乾杯だ。飲め飲めぇ。ははは！」

(でも、その前に……これだけは言っておかないとな)

「みんな……。気軽に僕のことを呼び捨てでいうけどさ。みんなの命は僕が救ったんだよ？」

場は静まり返る。

幼い少年が見せる冷たい態度に、大人たちは異様な空気を感じた。

「これからは僕がみんなの命を守るんだからさ。そんな存在を呼び捨てにするのはよくないよね」

「な、なにをいっているんだセア……。おまえはまだ十歳じゃないか」

「はぁ？　そんな子供に命を救われているんだよ？　僕がゴォザックを倒さなければみんなは奴隷になっていたじゃないか」

「それは……。そうだけど」

「国王から勇者の称号が授与されるのは五年後だ。それまではこの村を守ってあげるけどさ。別にいいんだよ。今、出て行っても」

みんなは口をつぐんだ。露骨に嫌な顔をする村人も散見される。しかし、彼はそんな村人を見ても、なお追い討ちをかけるように言った。

「僕の扱いには気を遣って欲しいね。僕は勇者になる者なんだからさ」

すると、村人は苦笑い。

「へへへ。すまねぇな。セアさん」

セアはこれ見よがしに大きなため息をついた。彼にしてみれば当然のことなのだ。自分は勇者であり、正しい存在なのだから。

（ん？　この葡萄ジュース……）

そこには一本の髪の毛が浮かんでいた。

「このジュースを入れたのは誰だ？」

それは村の娘だった。


「わ、私です……」

「髪の毛が入ってるよ。こんなジュースを飲んで僕がお腹《なか》を壊したらどうするつもりだい？」

「ご、ごめんなさい。すぐに新しいのに換えるわね」

「ああ。謝ったら済むわけじゃないんだ。僕は勇者になる者なんだからさ。僕が体調を崩したら世界は魔公爵に支配されてしまうよね？　みんなが困るじゃないか。だよね？」

「ご、ごめん」

「いやいや、だから。気安い言葉を使うんじゃないよ。僕は勇者になる者なんだよ。この村を救う者なんだ。わかる？」

「は、はい」

「だったら、気を遣ってもらわないと困るよね？」

「す、すいませんでした」
「おいおい。君はまだ、ことの重大さに気がついていないようだね。僕になにかあれば、世界が滅ぶと言っているんだよ。そんな僕のジュースに汚い髪の毛を入れたんだ」
「ど、どうしたら許してもらえるのですか？」
「土下座だよね」

村娘は地面に額をつけた。

「も、申し訳ありませんでした」

これを見た村人から「ひでぇ」とか「そこまでやらせなくても」などという声がヒソヒソとセアの耳に聞こえてきた。

「文句があるなら目の前に出てていいなよ」

シーーン。

（本当にわがままな村人たちだよ）

「あんまり僕を怒らせるなよ。本当に出て行くからね。そうなったらこの村は魔公爵領になり下がるんだ。そのことを肝に銘じておくんだね」

セアは再び大きなため息をついた。それはもう大きく、みんなに聞こえるように。

「ハァ――――――――――――――――!」

村人は呆気《あっけ》にとられていた。ゴォザックを倒して天狗《てんぐ》になっているどころではない。これが彼の本性だったのだ。その片鱗《へんりん》はあった。セアの父はプライドが高く、面倒な人間だったのだ。だから、みんなは（ああ、父も父なら、子も子だな）と呆《あき》れるばかりだった。とはいえ、セアの実力は折り紙つき。魔公爵を倒した勇者の力はまぎれもない本物だったのである。彼の力の前には、この横柄さも目をつぶるしか仕方がなかった。

そんな村人を尻目に、セアは面倒臭そうに鼻息をつくのだった。

（勇者って大変な職業だな。バカな村人の命を守るのは当然のこと。教育までやらなくちゃいけないんだからさ）

「みんな、僕をもっと敬うべきだよ。僕は大陸でもたった一人。勇者になる者なんだからさ」

村人たちは黙った。こんな勇者であっても世界を救う希望なのである。

彼らの村がある大陸。アースデアは激動の時代を迎えていた。

魔王軍の侵略に加え、大賢者が行っている魔研究の脅威もあったのだ。

伝説の予言書によれば、大賢者は【世界の終焉《しゅうえん》】を呼び起こすと記されていた。


魔王軍の侵略と大賢者の魔研究。

その二つの脅威に立ち向かうためにも、勇者の血を引くセアの存在は必要不可欠だったのである。

〜〜ザウスｓｉｄｅ〜〜


まずは戦力の強化だ。

部下モンスターに戦闘訓練をさせてレベルを上げなければならない。

だが、問題は初日から起こった。

「も、申し訳ありませんザウス様！　この傷は大したことがないんでゴブ。い、い、命だけはお助けくださいゴブゥーーーー!!」

そういえば、ゴォザックは負傷した兵士は足手纏《あしでまと》いだからといって殺していたな。

子供の頃の俺は意見しなかったが、今はそうじゃない。

兵士を減らすなんて愚の骨頂だ。

兵力の衰退で勇者に負ける可能性が上がってしまうからな。


「医療班は？」

「へ？　負傷者は殺処分ですから……。い、医療班なんてないでゴブ」

「ソーサラーゴブリンは回復魔法が使えるだろう。医療班を結成して負傷者を治療するんだ」

「は、は、はい……」

「なんだよ？　不思議そうな顔をして」

「こ、殺さないんでゴブか？」

「はぁ？　そんなことをするわけがないだろ。貴重な戦力なのにさ」

「き、貴重な……。せ、戦力ぅ??」

「ああ。おまえたちは勇者と戦う貴重な戦力だよ」

「はわわわわ！　ゴブブブブゥウウウ!!」

「どうした？　傷が痛むのか？」

「ゴ、ゴォザック様は我々のことをゴミクズ扱いしていたでゴブ！　き、貴重な戦力だなんて、とても名誉なことゴブゥウウ!!」

ゴブリンは、俺がプレイヤーだった時に倒しまくっていたモンスターだ。

そんな存在が、泣こうが死のうが知ったことではない。

だが、それでは勇者に負けてしまう。

こいつらの傷を治すのは自分のため。

全ては勇者から倒されるバッドエンドを回避するためなのだ。

それに、他者に対して気を遣うのはもう疲れた。

せっかく、悪役キャラに生まれ変わったのだ。その役を存分に楽しまなければならない。それが生きるということだろう。

ふふふ。自分のことだけを考えてやるさ。もう、他者を助けたりなんかしない。

誰かに謝罪したり、媚《こ》びへつらったり。そんな人生はまっぴらだ。

部下は道具。

ククク。利用してやるよ。　俺のためにな！

＊　＊　＊

ゴブリンたちの戦闘訓練はゴブリンリーダーが担当していた。

兵士たちは肩で息をして棍棒《こんぼう》を振っていた。中にはあまりのキツさに倒れる者もいる。にもかかわらず、ゴブリンリーダーは鞭《むち》を打って叱咤《しった》。立ち上がって棍棒の素振りをするように怒鳴りつけていた。そうして、ゴブリンたちは休みなく訓練するのだった。

おいおい。訓練のスケジュールはどうなっているんだ？

俺はゴォザックが作った一日の訓練メニューを見て目を見開いた。

「なんだこれ？　休憩の時間がないじゃないか!?」

すると、ゴブリンリーダーは当然のことだと思っているのか、目を瞬《まばた》かせてこちらを不思議そうに見つめていた。

「休憩なんてないでゴブ。ゴォザック様には、寝る間も惜しんで鍛えるようにと厳しく命令されていたでゴブよ」

おいおい。なんて非効率なんだ。

「適度な休憩が能力向上に最適解なんだよ。これからは一時間に十分の休憩を取るように」

「そ、そんなにゴブ!?」

「水分補給もしっかりするんだ」

「み、水を飲んでもいいゴブか？」

「当たり前だ！」

熱中症で倒れられたら意味がない。

あと、鞭打《むちう》ちは禁止させよう。怪我《けが》をしたら訓練が続かないからな。


「このスケジュール……。もしかして一日一食だけなのか？」

「は、はいゴブ。それが当たり前ゴブ」

「そんなので筋肉がつくものか。これからは朝、昼、晩。きちんと三食与えるように！」

「えええええええええゴブゥウウウウ!!」


ふふふ。こんなことは優しさでもなんでもない。部下をとことんまで利用する最適解にすぎん。

俺は容赦しない、覚悟しておけ。この世界には労働基準局はないのだ。おまえらを馬車馬のように働かして、鍛えて鍛えて鍛えまくってやるからな!!


モンスターたちは嬉しそうに水を飲んで休憩していた。

もう半日も動きっぱなしだ。

普通の訓練ならば、ここいらで大きく休憩させて、午後からは自由時間というところだろう。だが、そうはいかん。おまえたちには夕方までみっちり訓練してもらう。

呪うならモンスターに生まれた自分の運命にするんだな。おまえたちのことなんか知ったことではない。全ては俺が助かるためなのだ。

俺は悪になる!!

第三話　ゴブリンたちの反応

魔公爵城内の訓練場。その休憩所ではモンスターたちが噂《うわさ》していた。

「新しく爵位につかれたご主人様は優しくないかゴブ？」

「わかるぅ!!　俺たちを貴重な戦力だといってくれるゴブよ！　以前のゴォザック様ではあり得ないことゴブ」

「それに休憩もくれたり、水を飲ませてくれるゴブ」

「三食ついて、休みもくれる。少ないながらも給金も出るゴブよ」

「夢みたいな職場ゴブ」

「俺っち、ザウス様が好きゴブ」

「俺もゴブ」

「オラもゴブ」

オークたちは水場で野菜を洗いながら噂した。

「おかわりしても良いことになったブウ」

「信じられないブゥね。腹一杯食べれるなんて夢みたいブウ」

「昼間は十五分だけ昼寝をしてもいいって言ってたブウ」

「腹一杯食って、ゆっくり寝て……。魔公爵城が天国になったブウ」

「なんか魔公爵様はめちゃくちゃ優しいブウ」

「うんうん。ザウス様は優しいブウ」

「ザウス様のためなら命をかけて戦えるブウ」


リザードマンは武器倉庫で武器の手入れをしながら噂する。


「医療班が訓練中にそばで常駐してくれるらしいリザ」

「俺は早速治してもらったリザ」

「怪我人《けがにん》のサポートが充実してるリザね」

「以前の魔公爵様だと考えられないことになっているリザ」

「体が熱っぽい時は戦闘訓練を休めるリザ」

「以前の魔公爵様なら休みなんかなかったリザ」

「ザウス様は真逆リザ。更にすごいのは有給休暇の仕組みも作ってくれたリザ」

「なんだそれリザ？」

「有給休暇制度。なんでも、年間三日間も任意で休暇がとれるらしいリザ」

「み、三日間も⁉　日曜日だけでもすごいのに、加えて三日も休めるリザ⁉　し、信じられないリザ！」

「しかも、有給というのは給料が出ることリザ」

「いやいや。ははは。それはないない。絶対にあり得ないリザよ。だって、働いてないリザ」

「それが出てしまうんだリザ。有給休暇とはそういうものなんだリザ」

「えええええええええええリザァ！」

「ザウス様すごすぎ問題発生中リザ！」

「優しさの塊リザ！」

「ザウス様のためなら命をかけれるリザ！」

「俺、ザウス様好きリザ！」

「あの人にもっと認めてもらいたいリザ‼」

「ザウス様に褒められたいリザァアア‼」


当の本人は、そんなことにはまったく興味がなく。

「バッドエンド回避……。兵力を増強して勇者を倒す……。部下は道具」

と、自分のことばかり考えているのだった。

＊　＊　＊

「農地の視察だと？」

俺は世話係のメエエルの言葉に耳を疑った。

「はい。ここ最近、城内の備蓄を圧迫しております。このままでは食糧庫の備蓄食材は尽きてしまいます」

そういえば、部下たちにしっかり三食を取らせているんだったな。城内の備蓄が減るのは当然か。

俺はメエエルと馬車に揺られて農地の視察へと向かった。

「魔公爵領の六割は人間が住む奴隷区域となっております」

ここは、ゴォザックがさらって来た人間が働いている。

奴隷区域の町並みは散々だった。

馬車を降りるとツンとしたキツイ臭いが鼻をつく。

家は掘っ立て小屋。暗くジメジメとして悪臭が漂う。こんな場所で暮らすなんて最悪だな。

俺たちを出迎えてくれたのは区を束ねる区長だった。

八十代くらいの爺《じい》さんである。

区長はなにかを察して土下座した。


「今年は作物の出来が厳しい状況です。なにとぞ、年貢の量を減らしていただけないでしょうかぁああ!!　お願いしますじゃああああ!!」

まいったな。この視察は年貢の増量を期待してのことだったんだが、現状はよくないのか……。


「わ、わしの命ならいくらでも捧《ささ》げますじゃ。でも、奴隷区域の者たちには若い者が大勢おります。流行《はや》り病にもなりまして、九割の取り立てがどうしても厳しい現状なのでございますじゃ」

「きゅ、九割だと?」

「ひぃいいいいいッ!!」

「じゃあ、おまえたちは収穫の一割で過ごしていたのか?」

「は、はい……」


年間収穫の九割の取り立てとは無茶をする。

奴隷たちの食糧がなくなれば奴隷区域は全滅じゃないか。

メエエルは俺の疑問を察したかのように言う。

「ゴォザック様は新しい奴隷を集めては奴隷区域を拡張しておりました。今は奴隷の補充が必要な時かもしれません」

なるほど。人さらいで年貢の量を増やしていたのか。その誘拐をしようとして勇者に倒されたんだな。

「な、な、七割……。いえ、八割でかまいません！　どうか年貢の量をお減らしください!!　どうか、どうかぁ!!　お願いしますじゃああ!!」

「収穫の二割で生活は潤うのか？」

「い、今より、マシにはなりますじゃ。今は食べる物も碌《ろく》になく、奴隷たちは雑草を茹《ゆ》でて食べております。そのせいで栄養もつかず、奴隷たちは病気で命を失っております。も、もう見てられませんのじゃ」

ふぅむ……。

メエエルを見ると、悲しい表情を浮かべながら顔を横に振っていた。

そうなのだ、俺の城でも食費は困窮している。とても、年貢量を下げるわけにはいかない。

よし。


「わかった。六割にしよう」

「「え!?」」

「収穫物の献上は六割だ。それなら食糧難も回避できるだろう？」


メエエルと区長が俺を見つめる。

「そう驚くなよ。打開策を提案したまでだ」

彼女は目を瞬かせた。


「だ、だ、打開策？」

「奴隷区の改善だよ。まずは年貢の軽減を図る。城が取り立てるのは六割にするんだ。四割の収穫が自分たちの食事になるなら生活も少しは潤うだろう」

「し、しかしですね！　我が城の備蓄が……」

「わかってるよ。他にも色々と考えているからさ」

「は、はぁ……」


と、呆れるだけ。

区長は涙を流して膝をついた。

「おおおおおお!!　ザウス様ああああ!!　なんとお優しい方なんじゃああああああ!!」

「いや。勘違いするな。年貢は六割、きっちり収めてもらうからな。そこだけは譲れないぞ」


年貢の取り立てを厳しくするとさらに品質が落ちるだろう。

粗悪な九割より上質な六割だ。

それに、奴隷が少なくなったら年貢の総量が落ちてしまう。

ならば、奴隷が減らない工夫は必須。彼らに食事を与えて死なないようにしてもらった方が、支配者としては楽だ。奴隷の人数が減らなければ年貢の総量は減らないのだからな。

全ては効率。俺が五年後に死なないためだ。


「食糧が三割も増えたら奴隷たちは大喜びですじゃああああ!!　欠かさず六割納めさせていただきますじゃぁあああ!!」

メエエルは何度も目を瞬かせて冷や汗をダラダラとかいていた。彼女の混乱は内政にも影響が出るからな。帰る途中で説明してやろうか。

俺は馬車の中で彼女にわけを話した。

「魔公爵領の六割が人間の奴隷区なんだよな？　ってことは土地の四割がモンスターの領域だ」

「はい。ゴブリンやオークたちが住まう地域ですね」

「そいつらはなにをやっている？」

「主に戦闘訓練ですね。勇者を倒すための」

「その労力を使えばいいのさ」

「え？」

「部下モンスターに農業をさせる」

「ええええ!?」

「安心してくれ。農業は希望者を募ってやるつもりだからさ。嫌々やっても生産性は悪いからな」

「いえ、そういうことではなく。農業は奴隷がやるものですよ？」

「人間ばかりに農業をさせていても非効率だよ。力の強いモンスターがやった方が仕事は捗《はかど》るさ」

なにごとも効率重視だ。

第四話　モンスターの農業

農業会議を開くことにした。

モンスターたちを集めて、農業に対して意見を交わすのだ。

世話係のメエエルは「農業なんて反発が出るのでは⁇　奴隷の仕事をモンスターがやるなんて理解されないのではないのでしょうか？」と汗を垂らす。

「ま、何事もやってみないとな。そのための会議なのさ」

「……し、しかし、年貢を六割にしたことは黙っていた方がよろしいかと思います。みんなは不安になってしまいますよ。確実に士気が下がります」

「ふむ」

「これは魔公爵の威厳に関わります。みんなの士気を高めるのも支配者の務めかと」

それは確かに一理あるな。支配者の務めか……。いい言葉だ。

俺は数千匹のモンスターたちの前に立った。

部下を集めて意見を聞く。いわば労働組合の集会みたいなもんだな。

「みんな。よく集まってくれた。実はな……モンスターにも農業をやってもらおうと思って会議を開いたんだ」

部下モンスターは俺に注目する。まだ、理解ができてないようで少し騒ついているようだ。

うん。良い感じだな。

「奴隷からの取り立てを六割に設定した。その食いぶちを考えないといかん」

メエエルはあたふたした。

「ザ、ザウス様！　そ、それはいわない約束でしたよ！」

「うん。こっちの方が早いからさ」

「で、ですがぁ」

「もうぶっちゃけた方が議論は進むよ」

「し、しかし暴動が起こっては勇者討伐どころの騒ぎではありませんよ！」

「まぁ、任せてくれ」

俺は洗いざらい伝えた。

みんなの食費がかさむこと。
食糧庫の備蓄が底をつきそうなこと。
奴隷たちが苦しんでいること。
その全部を伝える。

「——というわけでさ。年貢の取り立てを減らしたから、食いぶちは更に減ったんだ。備蓄は切り詰めても保って来年までだろう。このままだとみんなが飢え死にしてしまう。だから、おまえたちには農業をやって欲しいんだよ」

すると、一匹のゴブリンが立ち上がった。

「流石《さすが》はザウス様ゴブ！　年貢の取り立てを厳しくすれば奴隷は全滅してしまうゴブよ！」

リザードマンは反論する。

「しかし、奴隷がやっていた仕事を我々がやるなんて屈辱的リザ」

この反論は当然だ。モンスターと人間には確固たる上下関係があるからな。さて、そうなるとどうなる？

「んじゃ、決を取ればいいゴブ。農業に興味があるモンスターもいるゴブよ」

ふむ。そうきたか。

「いいアイデアだな。それ、採用だ」

俺の言葉がよほど嬉しかったのか、ゴブリンは顔を赤くして体をくねらせた。

「へへへ。ザウス様に褒められちゃったゴブ」

すると、そのゴブリンを見たオークが手を挙げた。

「オ、オラ農業やるブウ！」

おお、

「助かる」

すると、他のモンスターも手を挙げ始めた。


「あ！　俺っちも農業やるリザ！」

「ありがとう」

「オイラもやるゴブ！」

「助かる」

「オラもやるブゥ」

「嬉しいよ」


モンスターたちは次々と手を挙げる。

「オイラも」「わしだって！」「オ、オデもやるから褒めて欲しいブゥ！」


なんか盛り上がってきたな。

もう数百人は希望者が出ているぞ。

「わ、私も」

え？

気がつけばメエエルも手を挙げていた。

「いや。おまえは俺の世話係だろ」

「そ、そうでした……」

メエエルは、活気あふれるモンスターたちの声に口角を上げて喜んでいた。

「す、すごいです……。部下の自主性を重んじるなんて……。ゴォザック様の時では考えられなかったことですよ」

「あの人は恐怖で支配していたからな」

そんなのは非効率だ。

それに妙な恨みを買って毒でも盛られたら嫌だからな。

「でもザウス様。どうやって農業をやるブゥ？　オラ、畑なんて耕したことがないブゥよ」

「そんなのは経験者に聞くのが早い」

ということで、俺は部下のモンスターたちを連れて奴隷区へと足を運んだ。

農業の希望を募ったらなんだかんだで千匹以上になった。教えてもらう礼儀とするなら全員が顔を出すのが筋だろう。

「ひぃいいいいいいいい！　お助けくださいーー！　殺さないでくださいーーーー!!」

と、奴隷区長は土下座した。

いかついモンスターを連れて来たからな。勘違いするのも無理はない。

「ああ、区長、違うんだ。実はな――」

と、わけを話す。

「え!?　モンスターに農業を教えるのですか!?」

「まぁ、そういうことになるな。教えてやって欲しいんだが、ダメかな？」

「も、もちろん……。ザウス様のご命令ならばやらせていただきますが……。モンスターが農業をやるなんて聞いたことがありませんよ」

「時代は変わるさ。そんなことより、教育の報酬はなにがいい？」

「そ、そんな報酬だなんて！」

「いや。なにごともこういうのは大事だよ。奴隷たちは、教育の分だけ余分な仕事が増えるんだからさ」


えーーと、なにがいいかな？


俺は改善案を探るために区長の家を見て回る。

それにしてもすごい臭いだな。


「あ、そっちは！　農具置き場ですので、汚いですすじゃ」

「あれ？」


俺はボロボロの楽器を見つけた。

農具の横に隠すように保管してある。

楽器と呼ぶには微妙だが、弦がついているから音を奏でるものかな？

「これギターか？」

「そ、そ、それはぁ……。その……。あの……あわわわわ！」

「別に隠さなくてもいいよ。キチンと年貢を納めてくれてるんだからさ」


区長は申し訳なさそうに言う。


「……それはリュートという楽器でして。たまに弾いたりして楽しんでおりますですじゃ」

「へぇ……」


なるほど。奴隷たちもこういう楽しみを見つけて生活に潤いを持たせているわけか。

こんな場所じゃあ、音楽くらいしか楽しみはないだろうしな。


「他にも楽器を弾く奴隷はいるのか？」

「そ、それは……」


これは、ゴォザックの時は取り上げられていた物のようだな。

あいつならやりそうだ。奴隷に趣味は必要ないとか言いそうだからな。

ここに楽器があるということは、取り上げられたら新しいのを作るのだろう。

「そう隠すなって。俺はゴォザックじゃないんだからさ」

「は、はい……。ほ、他にも何人かおりますですじゃ」

「じゃあ、報酬として楽器をプレゼントしてやろうか？」

「楽器を弾かない者もおりますので……」


バツの悪そうな顔だな。知られたくないのか……。


「こ、この件は他の奴隷には内緒にしておいてくださいですじゃ」

「わかった」


そう言うと、区長はほっと胸を撫《な》で下《お》ろした。


……それにしても臭いな。

どうやら、奴隷区はインフラ設備が整っていないようだ。よし、

「下水道を充実させようか」

「え!?　そんなことをしてくださるのですか!?」

たしか、城内のモンスターには家を建てるのが得意なやつがいたな。ゴォザックはそういうモンスターを使って建物を建築させていた。モンスターが工事をやれば効率がいい。

授業の傍ら、奴隷区のインフラ設備の改善に取り掛かってもらおう。

下水道や、トイレの設置をすれば、この場所も住みやすくなるだろう。

それに、清潔にして菌の繁殖を抑えれば病気にだってかからないはずだ。

こうして、モンスターたちは奴隷区に通うことになった。

＊　＊　＊

一ヶ月後、整備が終わったと報告を受けたのでメエエルを連れて奴隷区に行ってみた。

「おお！　見違えるほど綺麗《きれい》な町並みになったな」

「はい。奴隷たちも驚いていますよ」

悪臭は消え、清潔な場所になった。

こうなってくると、街として発展させたいな。

区長は目に涙を溜《た》めた。

「こんな日が来るとは夢にも思いませなんだ。これならば新しい奴隷が来ても迎え入れるのは容易ですじゃ。ありがとうございますザウス様」


ふぅむ……。

そういえば、奴隷は補充していたんだよな。その上で、ゴォザックは平気で奴隷を殺していた。病気や殺害で減った奴隷は、新しい場所でさらってきて補充をしていたんだ。

これでは奴隷狩りの回数が増えてばかりだろう。

かなり非効率だな。

それより、奴隷同士で結婚して勝手に増えてくれた方が効率がいい。

うん。そうしよう。そっちの方が俺の仕事が減って楽だしな。


「区長、ちょっといいか？」

俺は大まかな構想を話し始める。


「えええええええ!?　け、結婚制度を導入するですってぇえええええ!?」

「うん。なんなら教会も作ってさ。戸籍は魔公爵城で管理するんだ」

「そ、それでは奴隷区ではありませんな。もう領地ですじゃ」

「ああ、そうかもな」

「え？」

「奴隷制度はやめよう」

「えええええええええええ!?」

「領民でいいと思う」


俺は前世では社畜だった。しかも、仕事のやりすぎで過労死。

奴隷って言葉には抵抗があるんだよな。


そんなわけで、奴隷区はザウスタウンと呼び名を変えて街に生まれ変わった。

領民たちはアイデアを出し合い、病院や市場を作る。同時に貨幣も流通させた。ブレクエの金貨【コズン】をそのまま使うことにしたのだ。魔公爵城にはゴォザックが人間から奪った金貨が山ほどあるからな。それを使えばわざわざ新しく作る必要もない。

こうして、街は変化を始めた。

人間は奴隷ではないが、監視は必要なので街の中はモンスターが闊歩《かっぽ》する。加えて、領民の安全を保障するのだ。一種の自警団も兼ねている。

領民たちはモンスターを敬い、一目を置く。

環境が整ったことで、領民たちの農業が発展した。年貢の総量は増えて、俺の領土は潤った。

こうして、困窮していた城内の食糧事案は解決に向かうのだった。


「ザウス様ぁ！　これ、オラが作ったホウレン草だブウ」

「ザウス様。これ僕が作ったトマトゴブ」


メエエルは山積みにされたホウレン草とトマトの山を見て震える。


「ふほぉおお……。す、す、すごいです。これをモンスターたちが作ったのですね」

「オークは麦を植えている。来年には収穫できるだろう」

「あは！　それなら食糧難になることはありませんね！」


モンスターは人間より力があるから広い畑を簡単に耕すことができるんだよな。

おかげで人間より多くの収穫を見込めるようになった。

自給自足ができれば魔公爵領は更なる発展につながるだろう。

メエエルは在庫のリストを見て震えていた。


「か、完璧です。多すぎて食糧庫がパンパンになってますよ」

「もしかして余らせてる感じ？」

「そうですね。収穫が早い葉野菜などは腐らせてしまうかもしれません」

「だったら、人間に売るか」

「え!?」

「格安で売ってやれば喜ぶんじゃないかな？　ザウスタウンは発展して市場ができていたしな。モンスターが店を出して野菜を売ればいいんだよ。こっちだって腐らせるくらいなら少額でも金になればいいだろ？」

「で、でも、人間からは六割の年貢があるのですよ？　その人間に野菜を売るのはおかしくありませんか？　自分が城に収めた野菜が市場で売られていたら複雑な気持ちになりますよ」

「だったら、人間が作らない野菜を中心に売ればいいじゃないか」

「ああ！　……で、でもそんな野菜があるのでしょうか？」

「モンスターしか作れない野菜があるらしいよ。人間じゃ入れない厳しい環境で作る野菜とかね。そういう野菜を中心に売ってやれば、更なる発展につながるだろ」

「す、すごいです！　それなら町人も大喜びです！　市場がドンドン大きくなりますね！　まさか、こんな日が来るとは……」


農業班には食糧を作ってもらって、討伐班には戦闘訓練をしてもらう図式となった。

これで自軍を強化できる準備が整った。

まだ、勇者が魔公爵城を襲って来るまでに四年半はあるからな。

それまでには討伐班を強化しまくってやるさ。

第五話　自軍を最強に

前世の記憶が蘇《よみがえ》って半年が経《た》った。

俺はいつものように訓練場に来ていた。

モンスターたちの掛け声はよく通る。日に日に自信が満《み》ち溢《あふ》れているように感じるな。

みんなの努力が伝わってくるよ。だが……。

「ザウス様すごいゴブよ！　ザウス様が訓練してくれるようになってレベルが２つも上がったゴブ!!」

半年でたった2レベル。少なすぎる……。

しかし、メエエルは明るい声を出した。

「レベルなんて一年に一度上がるか上がらないかですからね。これはすごい成長ですよ。やはり、適度な食事と休憩が良かったのですね！　さすがはザウス様です」

そういわれてもな……。三ヶ月に1レベルの上昇とすると、育成期間は五年だから、20レベルの上昇になる。

俺は魔公爵城を44レベルでクリアした。確か、攻略本の推奨レベルは30以上だ。その時に戦った雑魚モンスターたちのレベルは10未満だったと思う。そう考えると強くなってはいるが、ハッキリいってまだまだ不安だ。俺は中ボスであり、チュートリアルに出てくる単なる通過イベントのキャラにすぎない。シナリオ上は勇者に倒される運命。念には念を入れなければ。


戦闘訓練の指導者は各モンスターの上位種が担当していた。

ゴブリンならゴブリンリーダー、という具合に名前の尻にリーダーが付く。

それは亜種のような感じで、他のモンスターより二回りほど体が大きかった。

能力も特出していて、通常種よりは強い。しかし、あくまでも身体能力として強いだけであってスキルや技量などの指導ができるわけではない。ただ戦ったり、素振りをして筋力を上げるだけだ。

経験値が入っていないのはこれが原因だろう。

正しい意味での、経験値を積ませられる存在がいるな。


「優秀な指導者が必要だ」

考えろ……。俺はブレクエが大好きだったじゃないか。

主人公のセアは十歳で勇者になるべく戦闘訓練を受けていた。

指導していたのは剣聖と呼ばれる美少女で、のちに恋人候補にできるほどのキャラになる。

たしか名前は……アルジェナ。そうだ剣聖アルジェナだ。朱色の髪をした勝ち気な女剣士。純粋で正義感の強い女の子だ。十五歳にして大陸に名が轟《とどろ》くほどの剣の使い手。

優秀な指導者がついているのは主人公特権だな。

……あ、待てよ。教えてもらえばいいのか。


「メエエル。剣聖アルジェナの居場所を知りたいのだがどこにいるかな？」

「アルジェナ……。魔神狩りのアルジェナのことでしょうか？」

「ああ、そうだ」


アルジェナはドラゴンや巨人を倒すほどの剣技を持っていて、それらを総称して【魔神狩り】の異名がついていた。剣聖と呼ばれるようになるのは、勇者セアが魔王を討伐してからだったな。

メエエルは迅速に調査を行い報告してくれた。

「現在は生まれ故郷のツルギ村に住んでいるようですね。そこに孤児院を作ろうとしているみたいです」

なるほど。ツルギ村は鍛冶《かじ》職人の村として有名な場所だ。孤児の面倒をみようとするのは優しい彼女ならではだな。今はまだセアに剣を教えに行く前の段階か。

たしか、彼女と勇者が出会うのは、彼女がハジメ村の孤児を引き取りに行った時だった……。

出会いはセアが十歳の時。そうなると急がなければならない。

「よし。ツルギ村に行こう。馬車を出してくれ」

「なにをしに行かれるのですか？」

「スカウトさ」

優秀な指導者候補が見つかったのさ。

＊　＊　＊

半日は馬車に揺られただろうか。俺とメエエルはツルギ村に到着した。

「魔族だぁああ!!」

そうだった。領民たちですっかり慣れてしまっていた。俺は人間の敵。普通はこういう反応だよな。

村人は逃げ惑う。

「いや、違うんだ……」

とはいえ、この額の角と青い肌だからな。まぁ、一目見たらわかってしまうか。

村人はアルジェナを呼んできた。

それはボブカットの朱色の髪をわずかに三つ編みにした女の子。瞳は鮮やかな赤色で、大きな胸と細い体はおおよそ剣士からはかけ離れていた。その衣装は民族風でもあり、どこか現代のアイドルのような格好にも見えた。ゲーム内で人気があったのはうなずける。リアルで見ると本当に可愛《かわい》い。

「魔公爵がこんな小さな村になんの用よ？」

「実はな」

「ふん。どうせ奴隷狩りでしょ。このあたしがいるのを知らないなんて不運ね。あたしは魔神狩りのアルジェナよ」

そう言ってアルジェナは剣を構える。

俺は彼女のステータスを表示させた。


彼女のレベルは45。

対する俺のレベルは10だからな。今、戦えば瞬殺か。

まぁ、そもそも戦う気なんてさらさらないんだ。


俺は後続馬車の荷台を手差しした。

そこにはホウレン草やトマトが山積みされている。


「勘違いしないでくれ。俺は話し合いに来たんだ。これは土産だ」

「み、土産??」

「君と話がしたい」


村人たちは俺が持って来た野菜で少しだけ信用してくれた。

会社員での経験が生きている。いわゆる【つまらない物】というやつだ。

しかし、喜ぶ村人とは裏腹にアルジェナは険しい表情を見せた。

「帰りなさい。魔族と話すことなんて何もないわよ」

「なぜだ？」

「ゴォザックがしたことは忘れない。多くの民が殺されて奴隷にされたわ」

「あれは父がやったことだ。爵位を継いだだけの俺には関係がない。俺には俺のやり方がある」

「ふぅん……。じゃあ、毒殺でもするつもり？」

「違う。そんなつもりで土産を持参したんじゃない。これは俺の領土で作った美味《うま》い農作物だ」

「信用できないわね」


まずいな。相当心証が悪い。ゴォザックめ。おまえのやってきたことのしわ寄せが俺に来ているぞ。

「レベル10……。ふふふ。ずいぶん低いのね」


俺のステータスを見られたか。

この世界において、物語の主要キャラとボスキャラだけがステータスを見ることができる。

俺の部下モンスターはモブキャラ扱いになるので見ることができないが、セアの仲間になるアルジェナは対象のステータスを見ることができるんだ……。

厄介だな。

「これじゃあ勝負にならないけど。戦う？　あたしに勝てるなら、話くらい聞いてあげるけどね。ふふふ」


戦闘はダメだ。

レベルの差は歴然。戦えば絶対に負ける。

死の予感にジワリと汗が垂れた。


「………………わかった。手土産は置いていく。絶対に毒は入っていないから信用してくれ」

「…………手土産だけ置いて帰るの？　変な魔族ね」

「また、来る」

「ふん。今度は部下モンスターでも連れて来るのかしら？　暴力で対抗するなら返り討ちにしてあげるわ。あはは！」


部下モンスターを使ってはダメだ。無駄な犠牲は兵力減退につながる。

他の方法を考えなければならない。

俺は帰りの馬車に揺られながら思考を巡らせた。

「アルジェナさんのスカウトは不可能なようですね」

「…………」

「あの雰囲気では彼女に勝たなければ話を聞いてくれそうにありません」

……ブレクエにおいて、勇者の師匠であるアルジェナが仲間になるのは中ボスを倒してからだ。魔王という新しい強敵が出現。世界征服の野望を打ち砕くために彼女が仲間になるんだ。

そこから恋愛パートもあるのだがな……。

彼女は着ている服やアクセサリーを褒めると喜ぶ。

しかし、今の状況ではそれも無意味だろう。あんな状況で「その服可愛いな」などと言ったところで変な顔をされるのがオチだ。

さて、困ったぞ。こうなると、メエエルのいうとおり、戦って勝つことが話を聞いてくれる前提条件になってくるな。

彼女のレベルは45だから……。俺がそれ以上に強くなる方法……。しかも短期間で……。

「そうか！　あそこだ!!」

ふふふ。攻略本に載っていた、特別なあの場所。あそこを使えば簡単にレベルアップが可能だぞ。

「メエエル。これからノッパラ平原に行く」

「ノ、ノッパラ平原ですか!?　あそこは魔王領と魔公爵領の間にある未管理地域です。あそこは湧き出る怪物《ワイテデール》が出現します。危険な辺境地帯ですよ」


そのとおり。だから、行く。


「意味はある」

「な、なにをされに行くのですか？」

「レベル上げだ」


この世界のモンスターには二つの種類があるようだ。

一つ目は【湧き出る怪物《ワイテデール》】。特別な意志を持たず、魔王の加護を受けて生まれる。

主に、フィールドやダンジョンに出てくるモンスターがこれだ。

敵意のある者すべてに攻撃を加え、時空の穴から無限に湧き出て来る。

死ねばその肉体は消えてしまい、俺と主従契約は結べない。

二つ目は【生きている怪物《オケラダッテ》】。意志を持ったモンスター。

魔公爵領のモンスターたちがこっちだ。種族ごとに巣を持ち、子供を産んで増える。

生きている怪物《オケラダッテ》は俺と主従契約を結べるし、死んでも肉体は残る。

ノッパラ平原には時空の穴があり、そこから湧き出る怪物《ワイテデール》が出て来る。

ゲームと同じはずだから、俺が狙っているモンスターも出現するはずだ。


俺はメエエルと馬車に揺られてノッパラ平原に到着した。

そこは岩山が点在する平原で、その岩の隙間に黒い空間の歪《ゆが》みがあった。

そこから一匹の真っ黒いスライムが出現する。


「ザウス様。ノロイスライムです！　時空の穴から出てきたようですよ」


やはりな。ゲームと同じだ。

ステータスを見るとレベル２だった。

攻撃力は雑魚だが、こいつから攻撃を受けると高確率で呪われる。呪いは状態異常扱いで、ステータスが半分以下になってしまう。しかし、

ドン！

俺はノロイスライムの攻撃を受けた。

「ああ！　呪われてしまいます！」

「いや。大丈夫だ」

俺には二つの固有スキルがある。

これは常時発動するスキルのこと。

その一つ【呪い効果無効】が発動した。

「俺は固有スキルの影響で絶対に呪われない体なんだ。故に、こいつから【呪い】の状態異常を受けることはない」

俺は剣を抜き。

ノロイスライムを真っ二つにした。

「すごい！　流石はザウス様です！」

いや。別に大したことじゃない。雑魚だしな。こいつを倒してレベリングするのが目的じゃないんだよ。
時空の穴からは次々とノロイスライムが出現する。
このフィールドに出て来る敵は動きが遅い。呪いと鈍《のろ》いをかけているのだろう。
しばらく、ノロイスライムを狩り続ける。
うーーむ。一向にレベルが上がらない。やはり、雑魚モンスターじゃキツイか。
そんなことを考えていると、

ズシーーーン！　ズシーーーーン!!

巨大な足音がこちらに向かって来る。

「ザウス様!?」

「黙って！　気づかれると厄介なんだ」

俺はメエエルを抱き上げて木の裏に隠れた。
メエエルはモンスターのステータスが見えたようで震えていた。
体高十五メートルはあるだろうか。

それは鎧《よろい》を身に纏《まと》ったモンスター。

「カースナイトだ……」


レベル40。

強烈な一撃と呪い攻撃を仕掛けて来る厄介な敵。

こんなモンスターとまともにやりあったら命がいくつあっても足らない。

ゲームでもこいつと遭遇したら逃げる一択だった。

このフィールドに出現するモンスターは基本的に動きが鈍い。だから、お目当てのモンスターが出現するまではひたすら逃げ続けるのが得策なんだ。

そうして、俺はノロイスライムを狩りまくり、カースナイトは逃げる一択でやり過ごした。


そして、ついに、その時は来る。

「出たなメタルヒトデン」


鉄肌のレアモンスター。

海にいるヒトデみたいな形をしている。

『メタメタ！』

「会いたかったのはこいつだ！」


カツン!!


俺の斬撃がヒットするも、その硬い皮膚で斬ることができない。

「た、たった一ダメージ!?　ザウス様、敵の防御力が高すぎます！」

「ああ。最強クラスの防御力だからな」

「えええええ!?　つ、強すぎです！」

「いや。これでいいんだ」


カツン!!


よし。二発目命中。

瞬間。メタルヒトデンの体当たりが俺に命中した。

俺の体は吹っ飛ばされて大木にぶち当たる。

「ぐふっ！」

「ザウス様ぁあッ！」

「だ、大丈夫だ」

「回復《ヒール》！」

「ありがとう。助かった」

「敵のレベルは30もあるんですよ!?　その上、防御力が高すぎます！　逃げましょう！」

「いや。今、逃げたらもったいない」

「ああ、また襲って来ました！　ファイヤーバレット！」


メエエルの火炎魔法が命中する。

しかし、ダメージは０。


「ああ、魔法が効きません！　強すぎです！」


どうやら、メエエルは敵のレベルにしか目がいっていないようだ。よし。決めてやる。

俺はメタルヒトデンが飛び込んできたと同時に剣を振り下ろした。


カツン！

弾くような攻撃。

ダメージは一。だが――。


プシューーーー！

メタルヒトデンは消滅した。


「え!? ど、どういうことですか!? 硬い防御力と魔法が通じない強敵だったのに？」

「メタルヒトデンは最強クラスの防御力を持っている。だから、どれだけこちらがレベルを上げても一ダメージしか与えられない。しかも、あらゆる魔法を無効化する強いモンスターなんだ」

「な、なら、どうして倒せたのですか!?」

「相手の動きが速すぎて体力に目がいかなかったようだな。メタルヒトデンは防御力が高すぎて必ずダメージは一になってしまうが、体力は三しかないんだよ」

「ああ！ だから、三回当てて倒したということですね！」

「そういうことだな」


俺はステータスを表示させた。

「すごいです！　レベル10がレベル20まで上昇していますよ！　一気に10も上がりました!!」

「え……？」

なんか上がりすぎている気がするが……魔公爵のレベル上昇値は未知だからな。勇者より上がりやすいのかもしれない。

「メタルヒトデンは経験値がべらぼうに高いんだよ。一匹倒すだけでレベルが上がりまくる」

懐かしいな。この平原にはお世話になった。カースナイトは逃げまくってさ。ひたすらメタルヒトデンを狩るんだ。俺がプレイヤーだった時はノロイスライムが鬱陶しかったがな。魔公爵のスキルなら呪いの状態異常を受けないから快適にレベリングができるんだ。

「よぉし。この調子でレベルを上げまくるぞ」

俺はメタルヒトデン狩りを続けた。

流石にレベル20からは上がりにくくなったが、それでもメキメキと成長した。

部下モンスターにもここでレベリングさせたいんだがな。ノロイスライムとカースナイトが厄介なんだ。もしか事故ったら命を落とすことになる。やはり、アルジェナに指導してもらう方が得策だろう。

＊　＊　＊

二日もがんばれば俺のレベルは30に到達した。

メエエルは信じられないといった感じで目をパチクリとさせていた。

「た、たった二日で20レベルも上げてしまいましたよ」

「よし。アルジェナに会いに行こう」

「え!?　でも、彼女のレベルは45ですよ？」

「まぁ、なんとかなるだろう」

俺はメエエルを連れてツルギ村に行った。

あ、そうそう。土産物の農作物を忘れてはいかん。交渉を円滑にするにはこういうのは大事なんだ。

「あら、また来たの？　懲りないのね」

「今日も手土産を持ってきた」

「ふーーん。あ、そう。だからって、魔族と話すつもりなんてさらさらないけどね」

「前回のは食べてくれたか？」

「…………村人がね」

「毒は入ってなかったろ？」

「ふん……。ま、まぁまぁ美味《おい》しいって言ってたわよ。村人がね！」

「おまえは食べてないのか？　トマトとか美味《うま》いだろ？　甘くてさ」

「たしかに甘くて美味しかったわ……。む、村人がそう言ってたのよ」

「かたくなに食わんのだな」

「食べるわけないでしょ！　魔族の手土産なんて！」

「まぁ、そう邪険に扱うなよ。少し話がしたいだけなんだ」

「だから、あんたと話すことなんてないって言ってるでしょ！」

「そういうわけにもいかん。こっちは切羽詰まっているんだ」

「魔族の事情なんて知らないわよ！　あたしと話がしたいんならあたしに勝ってからにしなさいよね！　だいたいそんなしょぼいレベルで偉そうに――。あれ？　レ、レベル30ですって!?　どうなってるのよ!?　この前はレベル10だったのにさ？」

「鍛えてきた」

「ふぅん……。じゃあ、この村を攻撃しようって算段かしら？」

「そんなわけないだろ。土産まで持参したのに」

彼女は不敵な笑みを見せた。

「じゃあ、なに？　もしかして、あたしに勝つつもり？」

「ああ。そのつもりで来た」

「ははは！　笑わせないでよね！　ちょっと強くなったからっていい気にならないでよ！」

「いや。俺は油断はしない。いつでも慎重だ。全力でいかしてもらう」

「当然でしょ。あんたはレベル30。あたしはレベル45なのよ！　どう逆立ちしたって勝てないわよ！」

「やってみなくちゃわからんさ」

と、俺は剣を抜いた。

彼女は自信満々で笑う。

「ふぅん。魔神狩りのアルジェナが舐《な》められたもんね」

そう言って剣を構えた。

「いや。舐めてはいない。おまえの実力は認めている。だから、会いに来たんだ」

「ふざけるんじゃないわよ。あんたの態度が気に食わない……。魔族は人間を見下しているのよ」
「何度も言うが見下してはいない。そもそも、見下すような人間に会いには行かん」
「ふん！　だったら、そのレベルはなによ！　それが舐めてるっていうのよ‼」

アルジェナの突進。
速い……。彼女は勇者の師匠になる少女だ。やはり、相当な実力者だよ。
アルジェナの剣が俺の眉間を捉える。

「もらった！」

ガキン！

俺の剣が彼女の剣を払う。

「え⁉　あたしの斬撃を弾いた⁉」

俺の攻撃。

ブゥン！　ブゥウン！

一呼吸で二回の斬撃。

彼女はその速さに体を後退させる。

「くっ！　やるじゃない！」

俺の追撃は止まらない。

体は俺の方が大きいからな。腕の長さで俺の方が有利なんだ。

ついに、彼女は受け太刀をする。

ガキィンッ！

少女の細い腕に俺の攻撃はキツかったのか「重っ」と声が漏れる。

「だったら――」

と、彼女はさらに後退して、俺から距離を取った。

そして「はぁああ！」と気合を溜める。
ああ、あの技だな。

「ブレイブスラッシュ！」

強力な斬撃波動。
このゲームの代名詞。ブレイブソードクエストを代表する技。
勇者はこの技を覚えて魔王を倒すのだ。
まともに受ければ、俺の体は両断されてしまうだろう。
しかし、構えで想像がついていたからな。避《よ》けるのは簡単なんだ。
俺は波動をヒョイと避けて、アルジェナに斬り込んだ。

「え!?　避けた!?　嘘《うそ》!?」

彼女は、俺の攻撃を受ける姿勢が整っていない。
急いで受けた剣は、俺の力によってぶっ飛ばされた。

「きゃッ!!」

俺はすかさず追い討ち。そのまま縦一閃《いっせん》に彼女の眉間を狙う——。

アルジェナは汗を垂らして叫んだ。


「キャアアアアッ!!」

ピタ…………!

俺の剣身は彼女の額、わずか一センチの所で止まっていた。


「はぁ……はぁ……」

「俺の勝ち……。で、いいよな?」

「…………ど、どうしてとどめを刺さなかったの?」

「そんな目的で戦ったわけじゃないよ」

「あたしはあんたを殺すつもりだったんだよ?」

「俺の目的は違う」

「……でも、どうして? レベルの差は歴然だったのに?」

「俺には二つの固有スキルがある。一つは【呪い効果無効】。そして、二つ目は【レベル二倍強化】だ」

「な、なによそれ？」

「その名の通り、レベルを二倍にしてくれる。つまり俺のレベルが30だから、実質レベルは60になっているというわけさ」

「レベル60!?　45のあたしじゃ勝てないわけね……」

「それでも手は抜かなかったぞ。ブレイブスラッシュをまともに食らったら死んでいた」

「……簡単に避けられたわよ？　まるで、技の性質を知ってる感じだったけど？」

まぁ、よくは知ってる。なにせ、設定資料集には図解入りで技のモーションが載っていたからな。

とはいえ、これは極秘事項。

「偶然さ。危険を察知して動いたまでだ。俺だって必死だったさ」

「どうだかね？　強すぎよ……」

「魔公爵だからな」

たしかに、【レベル二倍強化】はぶっ壊れスキルだと思う。

彼女は不服ながら、俺を村に入れてくれた。

「別にあんたを信用したわけじゃないわよ」

話を聞いてくれるなら進展はしている。

＊　＊　＊

村長の家で彼女と話すことになった。


「あたしに指導者になって欲しい？」

「そうだ。おまえの腕を見込んで頼みたい。部下モンスターを鍛え上げてくれ」

「あんたの方があたしより強いじゃない」

「俺より、おまえの方が教えるのが上手いさ」


彼女は指導者気質なんだ。教えるのが上手いのは知っている。


「で、でもぉ……」

「待遇は心配しないでくれ。衣食住は充実させる。もちろん、給金だってきちんと出すさ」

「あ、あたしはまだ十五歳よ。誰かに指導するなんておかしいわよ」

「俺だって十五歳さ。でも、魔公爵をやっている」

アルジェナは目を細める。

「でも……。奴隷狩りの手伝いはできないわ」

なるほど。クソ親父の産物か。そんな非効率なことはしないさ。


「俺は奴隷狩りをやめた。これからは人間を襲ったりはしない」

「魔族が平和的手法を選んだの？」

「……まぁ、そんな感じだな」


正確には効率を優先しただけだがな。

四年半後に殺されないための最適解。

平和なんてどうでもいい。俺は自分が助かりたいだけだ。俺は自分のためだけに生きると決めたんだからな。


「う～～ん。魔公爵城に泊まり込んでモンスターを教育する……か」

「そうだ。四年半の契約でいい。城の者に剣技を教えてやって欲しいんだ」

「そんなには……無理よ。あたしはここを離れられないもの」

彼女は俺たちを外に連れ出した。

そこは古びた小屋とテントが点在する場所だった。大勢の子供がワラワラと出てくる。

百人くらいはいるだろうか。


「あ！　アルジェナ姉ちゃんだ！」

「わぁああ！　姉ちゃーーん！」

「そ、その人、誰ぇ？　肌が青いよーー!?」

「もしかして魔族??」


アルジェナは子供を抱きかかえた。

「この子らは孤児よ」


聞けば奴隷狩りの犠牲者だという。

両親は労働力として奪われ、歯向かう者は殺された。

クソ親父め。

メエエルの情報では、アルジェナは孤児院を設立したいのだったな。

「ならば、その子らの面倒を俺が見ればいいんだろう？」

「え!?　そんなことができるの!?」

＊　＊　＊

俺はアルジェナを馬車に乗せてザウスタウンへと向かった。

「ほぉ。孤児院の建築ですか」

町長は気持ちよく話を聞いてくれた。

「しかし、百人規模とは大きな孤児院になりそうですな」

「もちろん、建設はモンスターに協力させる。運営の詳細は領民と魔公爵城でやる予定だ」

「承知しましたのじゃ。すぐに建設にとりかかりましょう」

「それと、孤児たちの親の確認もしてやってくれ。両親が生き残っているなら一緒に暮らした方がいいからな」

「流石はザウス様ですじゃ。子供と再会できた親は大喜びするでしょうな」

「いや。勘違いするな。別に喜ばせるためにやるんじゃない。孤児は税金で面倒をみるからな。税金の支出を減らすためにそうするだけだ」

「ふぉっふぉっふぉっ。承知しましたのじゃ」

「あと、子供と再会できた家庭には扶養手当てを出してやれ。養育費で生活が困っては労働力の低下を招くからな」

「ふぉっふぉっふぉっ！　本当にザウス様はお優しい」

「勘違いするな。労働力低下をもっとも効率的に改善したまでだ。領民の心情なんぞどうでもいい。大事なのは俺の領土だ」


アルジェナは目を見開く。

「ええ!?　い、一体どうなっているのよ！　そもそも、この綺麗な町並みはなに!?　ここは魔公爵領でしょ!?　意味がわからないわ！」

手短に話そう。


「ど、奴隷を解放して領民にした……。ですって？」

「ああ。基本的には街の発展は領民に任している。俺は年貢を取り立てるくらいだ」

町長は満面の笑み。

「ここは安全で住みやすい最高の街ですじゃ。それもこれも、全てザウス様のおかげなのですじゃ」

「し、信じられないわ……」

「納める年貢は収穫の六割でいいのですじゃ」

「え!? そ、そんな低い割合は人間の領土でも聞いたことがないわよ！ うちの村は鍛冶職で少しだけ免除されているけれど、それでも七割は払っているんだから」

「フォッフォッフォッ。これもザウス様の提案ですじゃ。おかげで領民たちは幸せに暮らせておる。そなたの抱える孤児たちもこの街に来れば安泰じゃろう」

「……すごい。こんな理想郷があったなんて」

これなら断る理由はないだろう。

「どうだ。やってくれるか？」

「……わ、わかったわよ。領民たちが本当に幸せに暮らしているか確認する意味でも、依頼を受けてあげるわ」

これでモンスターたちの戦闘技能が格段に上達するだろう。

孤児たちは孤児院ができるまでは魔公爵城で預かることにした。

ツルギ村も不衛生だったからな。あのままだと病気になってしまう。貴重な領民を失うのは領主の損失だ。

支配者たるもの、子供たちに栄養のある食事を与え、メンタル的に満たされた環境を提供しなければならない。

メエエルは事務処理で忙しいので、ある程度は俺がフォローを入れる。


「ザウス様、肩車して〜〜」

「わははは！　一本角だ。かっこいい」

「ザウス様。私もだっこしてぇ」

「俺も俺もぉ」

「ザウス様。ザウス様ぁ」


子供は元気だ。

俺は子供たちにもみくちゃにされていた。

子供は領土発展の資産として維持したい。こいつらが大人になれば立派な労働力になるだろう。

今は健康に育てるのがもっとも効率のいいやり方だ。全ては我が領土のため。

指導者になったアルジェナの成果は、たった一週間で表れた。

「ザウス様！　俺っちのレベルが1つ上がったでゴブゥ！」

三ヶ月でレベル1だった上昇が、たった一週間に縮まったか。

一年は約五十二週だから……。単純計算で年間52レベルの上昇が可能だ。同じことを繰り返してもそこまでは上がらないだろうが、格段に強くなっているのは間違いないだろう。

いいぞ。この調子でどんどん自軍を強化してやる。

～～セアｓｉｄｅ～～

ハジメ村の外れ。

勇者セアは一人で木刀を振っていた。

「えい！　やぁあ!!」

(ぐぬ……。ダメだ。一向に強くなれる気配がない。ゴォザックを倒した時みたいな勇者の力が欲しい。あの時は奇跡的に力が発生した。でも、偶然じゃいざという時に困る。勇者はいつでも最強であるべきなんだ。これじゃあ、たぎれないよ)

彼はアルジェナの噂を聞いていた。

魔神狩りのアルジェナはすさまじい剣技を習得しているという。

(アルジェナの弟子になれれば、僕の剣技はもっと向上するぞ。たぎる展開だ)


彼は馬車を持つ村人をたずねた。


「おい。ツルギ村に行きたい。馬車を貸してくれ」

「は？　無茶いうなよセア。この馬車は農作業で使うんだ」

「じゃあなにかい？　勇者になる僕に歩いて行けというのかい？」

「し、しかしだなぁ」

「ゴォザックの奴隷狩りから命を救ったのは僕だよね⁇　僕は勇者の力を持っていて、なおかつ君の命の恩人だ。そんな人間に歩いて行けというのかい？」

「わ、わかったよ！　貸せばいいんだろう！　まったく、セアは強引だなぁ」

「……わかればいいんだ。あとさ。呼び方は気をつけようね。セアさん、な。十歳の子供だからって舐めるのはやめてくれよな。僕は勇者になる男で命の恩人なんだからさ」

「……そ、それは失礼しましたセアさん」

「うん。わかればいいんだ。ただ謝罪が軽すぎるね」

「は？」

「土下座しようか」

「な、なんでそこまでやらないといけないんだよ‼」

セアは村人の胸ぐらを摑《つか》んだ。

その力はすさまじく、とても十歳の子供とは思えない。

「おい。勇者を舐めるんじゃないぞ。おまえの首根っこなんか簡単に折れるんだからな」

「ひぃいいい！」

村人は土下座した。

「す、すいませんでした」

（ふん。ステータスも存在しないような雑魚キャラのくせにさ。僕に楯突《たてつ》くからこうなるんだ。自業自得だよね）

「うん。以後、気をつけるように」

（さぁ、この馬車でツルギ村に出発だ。たぎってきたぜ）

「あ、そうだ。三日分の食糧も用意しておいてくれ。道中で食べたいからさ」

「は!?　な、なんでそこまで!?」

「ん？」

セアはギロリと睨《にら》みつけた。

「は、ははは……。そうですよね。道中、お腹がすきますもんね。わ、わかりましたパンと飲み物を用意させていただきます」

セアは快適な環境でツルギ村へと向かった。

パンをかじり、葡萄ジュースを飲みながら馬車を走らせる。

（ふふふ。なにごとも上手くいっているな。僕は勇者になる男なんだ。最高の人生が待っている）

セアは運命を感じていた。

心の底から湧き上がる使命感。

（待っていろアルジェナ。君は僕に剣術を教える運命なんだ！　たぎるぜ！）

第六話　師匠は行方不明

セアはツルギ村に到着した。

「魔神狩りのアルジェナさんに会いに来ました」

村人の男は困った顔を見せる。

「悪いな。つい一週間前だったかな。アルジェナは剣の指導をする依頼が入ってね。村を出たんだよ」

「それはタイミングが悪かったですね。いつ頃、お戻りになりますか？」

「えーーと、四年半後だったかな」

「よ、四年も!?」

「とある貴族様に気に入られてね。住み込みで貴族様の部下を鍛えているんだそうだよ」

「そうだったのですね……。ちなみに、その貴族様というのはどなたなのでしょうか？」

「あ、いや……」

(魔公爵ザウス様とはいえないな。あの方からは、良質な野菜の土産をたくさんもらったんだ。しかも、大勢の孤児を引き取って、孤児院まで建ててくれるというからな。それに、この村が魔族側と交流があるなんてことが他の領主に知れたら大事になってしまう。子供とはいえ、部外者だ。どこから噂が立つかわからないからな。慎重に答えよう)


「その貴族様の意向で、詳しくは話せないんだよ」

「話せない？　なぜです??」

「そういわれても、話せないんだよ。わかってくれ」

「僕は勇者になる男だぞ！」


と、殺気立った目で睨みつける。

彼の視線に村人は更に汗を垂らした。


(な、なんて目をする子だ……。怖いな)


「教えるんだ。隠しているとただじゃおかないぞ」

「ひぃぃ！」

セアは他の村人がいないことを確認してから、その男の襟首を摑んで自分の体に寄せた。

「言え。アルジェナはどこにいる!?」

「あぐぐぐ……。し、知らない！」

「本当だろうな？」

「き、き、貴族様の部下が来て……。アルジェナを連れて行ったんだ」

「誘拐されたのか？」

「あぐ……。き、貴族様の部下はとても丁寧で優しかった。きっと、貴族様のお人柄が出ているのだろう……」

「礼儀がいい、優しい貴族……」

(そんな貴族がいたかな？　たいがいの貴族は横柄だけど……)

「おい。どこの貴族だ。言え！　このまま首の骨をへし折られたいか？」

「ひぃい！　し、しかし貴族様にご迷惑が……」

「ちぃ！　だったら方角だけでいいよ。どっちから来たんだ？」

「あ、あっちだ……。あちらの方角から山を越えて来られた」

「山を越えて来たのか……」

セアの馬車は食糧が枯渇し、馬が疲弊していた。


「馬を貸してくれ。それと食糧が欲しい」

「そんな横暴な！」

「迷惑料だ！　僕は被害者なんだぞ！」

「しょ、食糧はやる。しかし、馬は村にとって貴重な財産だ。本当に返してくれるんだろうな？」

「バカにするな！　僕は勇者になる男。いわば正義の象徴だ。約束は必ず守る！」

「じゃあ、三日だけ貸すよ。それで許してくれ」

「わかった。三日だな」


セアは、山を越えた先にいる貴族という情報だけを頼りに周辺を探しまわった。

(気持ちがたぎる……。アルジェナに会いたい。なぜだかわからないけれど、彼女に剣技を教えてもらうことが運命のように感じるんだ)

気がつけば馬車はボロボロになり、食糧は尽きていた。

「クソ！　約束の三日が経ってしまった!!」

彼は手がかりがないままに借りた馬をツルギ村に返した。
村人は彼の落胆した顔に胸を撫で下ろす。
セアは渋々ハジメ村へと帰ることにした。
村に帰るなり、憂さを晴らすように木刀を振った。

「なぜだ!?　どうしてアルジェナに会えないんだ!?　いったい、彼女を連れて行った貴族は誰なんだ!?」

（クソ！　強くなりたい！　強くなりたいのにぃぃ!!）

〜〜ザウスｓｉｄｅ〜〜

アルジェナの戦闘訓練は効果的だった。
なにせ、今まで部下のレベルは三ヶ月で1つしか上がらなかったからな。それが、たったの一週間で上がってしまったんだ。これなら四年半後が楽しみだよ。
だが、部下だけ強くしても仕方がない。

俺はアルジェナを執務室に呼んだ。

俺の剣技も鍛えてもらわなければならない。

「アルジェナ。俺の剣技も見てくれると助かる」

「え!?」

「なにをそんなに驚くことがあるんだよ?」

「だ、だって……。ザウスは男でしょ?」

「はぁ?　男が女に剣技を教えてもらったらダメなのか?」

「いや……。ダメじゃないけど、そんな貴族はきいたことがないわよ。それに、あたしは十五歳だし。あんたと同じ年齢だわ」

「性別とか年齢は関係ないよ。別に女だろうと同い年だろうと、実力があるものが指導者になって教えた方が効率がいいよ。俺は気にしないさ」

「今までも貴族から指導の打診はあったんだけど、あたしが十五歳の女ってのを知った途端、打診を取りやめて帰って行ったわ。『若い女に教わるなんてありえない』ってことだったんでしょうね」

「非効率な奴らだな。大事なのは実力なのにさ」

「ザウスは変わっているわね」

「そうか?」

「だって……。貴族らしくない」

まぁ、元は庶民の社畜サラリーマンだったしな。


「全然えらそうじゃないし……。なにより部下に慕われているわ」

「は？　なんだそれ？」

「みんなあんたのことを好いてる」

「やれやれ」


勘違いしているなぁ……。

部下とは利害が一致しているだけにすぎない。

支配者は衣食住と褒賞を提供する。そして、部下は雑用をはじめ主人を守るのが仕事なのだ。

モンスターのことなどどうでもいい。大切なのは自分の命。

その証拠に、俺は部下たちを強制的に訓練させてスパルタ教育をしているからな。

俺は容赦しない。この世界では自分のことだけを考えて生きることに決めたんだ。

自分最優先。

だから、そんな俺をモンスターが好いているなんてことは絶対にあり得ないのだ。

むしろ、恨まれていると考えたほうが妥当だろう。ゆえに、妙な噂は信じない。

おそらく、モンスターが俺のことを好き、というのは訓練の度合いを緩めて欲しいとか、自分にとって有利な恩恵を受けたいからだろう。そんなおべんちゃらが俺に通じると思ったか。
徹底的に鍛えてやる。俺は甘くないんだ。

「モンスターどもはビシビシ鍛えてやってくれ。手を抜くんじゃないぞ。泣こうがわめこうが構うもんか。みっちり教育してやってくれ」
「え？　う、うん……」
「だが、休憩は忘れずにな。一時間に一回。汗の量が多い時は、適度な水分摂取と休憩はまめに取るように頼むな」

ククク。訓練で負傷してしまっては戦力の低下につながるからな。

「あ、それと。オークどもは昼食後は少しだけ昼寝をさせてやってくれ。リザードマンは体温調節が難しいから適度な水浴びを。ハーピーは羽の手入れをする時間を確保してやってくれ。ゴブリンは三時のおやつを楽しみにしているからな。」

モンスターたちの問題点を解決するほうが成長度合いが高くて効率的なんだ。

「超部下想《おも》いじゃん。優しいってば……」

「ん？　なんかいったか？」

「毎日、夕方の四時には訓練が終わってさ。毎週日曜日は休みでしょ？」

「オンとオフは大事なんだ。ダラダラと訓練をしても強くはなれんよ」

「………」

「なんだ？　不服か？　だったらいってくれ。こっちは戦闘技術を教えてもらっているからな。給金や休日の相談ならできるだけ希望に寄せるつもりだ。不満があるならいってくれ」

「べ、別に……」

「じゃあ、俺に剣技を教えてくれ」

「う、うん……」

「なんだよ？」

「いや……別に……」


なにか言いたそうだな。それに顔が赤いのは気になる。


「もしかして熱があるのか？」

「な、ないわよ」

「熱がある場合はいってくれ。医療班もあるしな。風邪なら仕事は休んでいいから、すぐに部屋に帰って寝てくれ」

「だから、ないってば。心配しすぎ」

「いや、心配なんてしてないぞ」

モンスターに人間の風邪が感染《うつ》るかはわからないが、念には念を入れた方がいい。

それに、もしも、彼女が風邪をひいたら訓練に支障が出てしまう。

なにごとも効率的にだ。

「まったく……。素直じゃないんだから……」

「は？　勘違いするなよ。バカなのか？」

「バカじゃないわよ！」

なにごとも効率重視だ。

「それより体調は大丈夫なのか？」

「……う、うん。あたしは大丈夫よ。あんたに剣技を教えてあげるわ」

そういえば、彼女は人気キャラだったな。

おしとやかな年上のメエエルに対抗する同い年のアルジェナ。彼女はちょっとツンデレキャラだった。

ファンの人気はこの二人に分かれていたっけ。

勇者とは魔王討伐の際にパーティーを組んでその道中で恋愛に発展する。

俺は全クリした人なので、よく覚えているよ。全員を恋人にしてハーレムにしていたな。

俺の推しはメエエルだったが、彼女だって嫌いじゃない。

ちょっとだけツンデレキャラなのが特に可愛いんだ。

でも、やっぱり、彼女は勇者を好きになるんだろうな……。

しょせん、俺はチュートリアルに出てくる中ボスだしな。

なにより、わがままで自分勝手、暴虐非道な魔公爵に好意を抱く異性なんていないだろう。

別にそれでもいい。今は自分の命が助かることが先決なんだ。

第七話　アルジェナの気持ち

あたしが魔公爵ザウスの城に来て一ヶ月が経った。


ハッキリいって半信半疑だったな。

魔公爵は奴隷狩りで有名な魔族だったはず。

魔王の配下で人間の敵だ。

そんな存在が周囲に慕われるなんて、まだ信じられないくらいだわ。

正直、嘘をついているなら闇討ちするつもりでこの城に来たんだ。

でも、ザウスは本当に優しい。

部下に慕われ、人間にも人気がある。

こんな魔公爵がいるなんて驚きだ。

なんなら、普通の公爵より優しいかもしれない。

あたしが宛てがわれた部屋は綺麗な所だった。

広くてフカフカのベッドが設置してある。鍛冶職や農作業に追われる故郷とは真逆の豪華な部屋。

指導者待遇らしい。

加えて、快適な職場だ。整った設備と手入れの行き届いた武具が使い放題。

毎日、美味しくて健康的な三食がついていて、その上、給金までもらえるのだから、すさまじい高待遇と言わざるを得ない。

そんな部屋に、世話係のメエエルが入ってきた。

「アルジェナさん。そろそろ、あなたの警戒心が解けたころだと思いますので、城内のルールをお伝えしておきますね」

それは夜の添い寝係の話だった。
城内にいる女は、希望者を募って、主人であるザウスの夜のお供をするらしい。
つまり、一夜限りのイチャコラする相手ということだ。
まったく、男という生き物はどこに行っても同じね。
エロいことばかりを考えている。あの優しいザウスも同じか。
まぁ、これが魔公爵の本性なのだろう。

「このノートには夜の添い寝係の希望者を募っております。あなたは戦闘訓練の教育係ですが、城内の女には変わりありませんからね」
「それは強制なの？」

「まさか。そんなことをザウス様がするわけがないでしょう」

「どういうこと?」

「このシステムは先代の魔公爵様から引き継いだものなのです。妾候補《めかけ》に自主性を重んじたわけですね。まぁ、先代の場合は自主性とは名ばかりで、気に入った女は強引に記帳させたりしていましたが……」

「つまり愛人希望者を募っているってこと?」

「正確には第二以降の夫人ですね。本妻は政略的に決まるでしょうから」

「わざわざノートに筆記させるの? 城主なのにまわりくどい」

「先代いわく。そっちの方がたぎるそうです」

「なによそれ、悪趣味ね。まぁ、どちらにせよ、ザウスとエチィことをしたい人がそのノートに記帳するんでしょ?」

「ん!ー。というより、意思表明かしら」

「どういうこと?」

「ザウス様はこのシステムを使っていません。魔公爵を継いでから、夜はお一人で寝られているのです」


……意外だったな。

利用しまくっていると思った。

待てよ。


「そのシステムを知らないんじゃないの？」

「まさか。魔公爵になられた初日にお伝えしましたよ。でも、そんな気分になれないみたいですね。今は強くなることが目標のようです」

「ふーーん」


……なんだか安心している自分がいるな。

変な気分だわ。


「それで……意思表明ってどういう意味よ？」

「そのままですね。ザウス様に自分をアピールするってことです」

「…………」


たしかに。

そんなノートに記帳したら、いつでも自分を抱いてくださいってことだものね。

そう考えたら恥ずかしいわ。

「アルジェナさんに伝えているのは、あとで苦情が来ないようにです」

「え？」

「城内にいる女は平等に権利があってもいいと思うのです」

「ど、どういう意味？」

「ザウス様に公平に愛されるということですよ」

「!?」

「ザウス様が恋人を作ろうと思った時、どうすると思いますか？」


そうか！

絶対にノートを見る。

そして、その中から恋人候補を選ぶんだ!!


「あなたがこのシステムを知らなかったら、悔やむ可能性があるでしょ？　だから、不公平に思われないように事前にお伝えしているのです」

「あ、あたしが悔やむわけないでしょ！」

「それはわかりません。なにせ、ザウス様の人気は止まることを知りませんからね。あの方は人たらしの達人なのです」

ノートを捲《めく》ると、その中には希望者がビッシリと書かれていた。

「すごい……。スネーク種やマンティス種まであるじゃない……」

「まぁ、恋する権利は平等ですからね。記入は自由。でも、選ばれるのはザウス様に指名された者だけです」

「いったい何人が書いてるの？」

「城内にいる女は、あなたを除いて全員が記入していますね。すべての侍女がザウス様の妾になりたいと思っているのです」

ぜ、全員……。

「ということはメエエルも？」

彼女は一ページ目の一行目を指差した。

「ここに」

すさまじい圧力。

「世話係としては当然です」

「ふーーん。恋心はないんだ？」

「…………」

「どうして答えないの？　それも世話係の仕事？」

「名目はそうです」

「名目？」

「私のような身分の女が、本気になってはいけないということです」

「じゃあ、本気で好きなんだ？」


そういうと、彼女は真っ赤になって視線をそらした。

わかりやすいな。


「どうしますかアルジェナさん？　記入、されますか？」

「す、するわけないでしょ！」

彼女はホッとしたように笑顔になった。

そして、今度はあたしを見つめてニコリと笑う。

「アルジェナさん。私はあなたが大好きです」

は……？


「は、はいいい？　あ、あたしはそっちの性癖はないわよ！」

「そういう意味ではありませんよ。あなたは明るくて素直で、とても純粋な人です。嫌いになる人なんていないでしょう」


ああ、そういう感じか。


「でも、それだったら、メエエルだってそうじゃない。知的で仕事ができて優しくてさ。それに、めちゃくちゃ美人だしね。あたしなんか全然敵《かな》わないわよ」

「あなたの可愛さには敵いません。私はあなたが羨ましい」

「あ、あたしだってあなたが羨ましいわよ。そんな風にお淑《しと》やかな女性って憧れるもの。あたしには真似《まね》できないもん」

「ふふふ。じゃあ、お互いに無いものねだりなのかもしれませんね」

「そうね。ふふふ。じゃあ、仲良くしましょうよ」

「ええ。友達になりましょう……」

メエルはあたしを見つめた。


「どうしたの？」

「あなたは本当に魅力的な人」

「もう……。照れるってば」

「ザウス様はきっと好きになる」

「はいい？」

「私はあなたが大好きです。でも、負けませんよ」

「ちょ、ちょっと。どういう意味よ!?」

「友達でも戦う時があるということです。私は正々堂々と戦いたい」

「だからぁあ。どういう意味よ？　そもそもザウスがあたしのことなんか好きになるわけないでしょ！　こんなガサツで血の気の多い女なんてさ！　どんな男も見向きもしないってば」

「私はそうは思いませんよ。きっと、ザウス様も気が付くはず。それに、あなたもザウス様が好きになる」


あ、あたしがザウスを!?

ないない、ないって。

「あ、あのねぇ」

そんなことあるはずないじゃない。そもそも、

「あたしには恋愛なんて無縁よ」

「それは魅力的な殿方がいなかっただけの話。あなたの心を刺激する異性が現れれば気持ちは変わりますよ」

「はいいいい??」

「添い寝ノートの件。お伝えはしましたからね。あとはご自身の意思を尊重してください。それでは失礼します」


メエエルは帰って行った。


あたしが恋のライバル?

いやいや。

そもそも、恋ってなに?

あたしは子供の時から剣技しかやってなかった。

そんな気持ちが湧いてくるなんて想像もできないな。

あたしがザウスを好きになる……？

ははは。ないない。絶対にないってば。ははは……。あたしが男を好きになるなんて絶対にあり得ないっての。異性に対してドキドキしたことなんか一度だってないんだから。

あははは……。

＊　＊　＊

翌日。

あたしはいつものようにザウスに剣を教えている。

「じゃあ、剣の素振りをやってみて」

「うむ」

「あー。もっと、こういう感じのがいいかな」

「そうか。こうか？」

「違う違う。もっとこう」

「ふぅむ。こうかな？」

後ろから手を取って教えた方が、感覚が摑めるか。

あたしはザウスの背中に体を密着させた。

「もっと……。こうね」

「う、うむ……」

う……！　い、今、めちゃくちゃ体が密着してるじゃない！　あわわわわ！

「ちょ！　ザ、ザウス！　勘違いしないでよね!!」

「なにがだ？」

「す、好きで抱きついたんじゃないんだからね！」

「それはわかっているが??」

「つたくぅ」

「？」

うう……。な、なんか意識してる。あのノートを見たせいだわ！

「おいアルジェナ。顔が真っ赤だが熱でもあるのか？」

「な、ないわよ！」

「なんか、汗の量がすごくないか？」

「う、うるさいわね！　素振り千回追加よ！」

「なんで？」

はううう……。もう、嫌ぁ！

第八話　モンスターギルドの誕生

部下たちの成長は目覚ましい。

アルジェナの指導の影響が大きいのはいうまでもない。

個人差はあるが、みんなのレベルは格段に上昇していた。

俺はいつものように訓練場に視察に行く。すると、彼女は部下の成長に満足げだった。


「いい調子よ。残り素振り百回！」


彼女には、俺が勇者と戦うことは伝えていない。

まぁ、魔公爵の戦う相手だからな。想像はできてしまうかもしれないが……。

俺はすでにゲーム内シナリオとは違う行動を起こしている。

そうなると勇者側にも影響があるかもしれない。【勇者の証】の認定式は四年後だ。主人公が成人になると同時に行われる。それまでにどれほど強くなるのかがわからない。

アルジェナがこちらに来ている時点で成長の妨害はできているとは思うが、万が一にも、強化が捗る可能性がある。

四年後の結果がどうなるのか、まだまだ不安定だ。

念には念を入れて……。

「もっと効率的にレベル上げをする場合はどうしたらいいかな？」

「そうね……。やっぱり実戦かしら。普通の冒険者ならモンスターと戦ってレベルを上げるわね」

たしかにな……。

「でも、モンスターがモンスターと戦うのは変よね。誰と戦うの？」

部下たちが戦う相手か……。

そうなると領外になるわけだが、魔王に知られるのは厄介だよな。そんなことをすれば俺は反逆者扱いになって命を狙われてしまう。理想は魔王に知られない【湧き出る怪物《ワイテデール》】を狩ることだ。

ノッパラ平原が理想なんだがな。あそこは呪い効果をかける厄介なスライムがいる。

もっと安全にレベルを上げられる場所……。

そういえば、モンスターが無限に湧いてくる育成ダンジョンがあったな。

名前は【無限ダンジョン】。安直だが、わかり易《やす》いネーミングセンスだ。

そこはレベルが設定されていて、レベルに応じて【湧き出る怪物《ワイテデール》】が無限に出現する。レベル1の無限ダンジョンならレベル10程度の敵が出たはずだ。

あと、ダンジョンの中には百八個のアイテムがあったな。攻略情報を元にしてコンプリートした記憶がある。

無限ダンジョンに部下を潜らせるのがいいかもしれない。

アイテムの回収とレベルアップを兼ねれば更なる成長が見込めるだろう。

それに、アイテムの回収をすることで主人公が取得できなくなる。

つまり、弱体化だ。

部下を強化して、主人公を弱体化させる。

こういうのを一石二鳥というのだろうな。俺が大好きな言葉だよ。

俺はメエエルとアルジェナの前で地図を広げた。

「ここだ。ここにレベル1の無限ダンジョンがある！」

序盤は相当にお世話になった場所だからな。

よく覚えているよ。領内にはレベル5までの無限ダンジョンが存在するのだ。

部下モンスターにはこのダンジョンを探索させて育成させよう。

「このダンジョンの中にある百八個のアイテムをゲットしてもらいたい。アイテムの取得と訓練を兼ねるんだ。みんなに手配してくれ」

メエルは小さくうなずいた。

「では、アイテムを誰が取得したのかなどの管理が必要ですね。それに、モンスターたちが何体で、いつ探索に入ったかも把握する必要がありそうです」

たしかに。命の危険もあるから管理体制は必要だな。

冒険者ギルドのような場所があった方がいいのか。

「私どもはザウスタウンの住民の管理もしております。同じようにモンスターを管理すればよろしいかと」

「いや。思い切って新しい部署を城内に作ろう。モンスターは種族数も多いんだ。管理はかなり大変になると思う」

「承知しました。では、その部署の詳細はどんな感じでしょうか？」

「魔公爵ギルドだ」

アルジェナは眉を上げた。

「城内にギルドを作るのか。前代未聞ね」

「登録制にして各自で自主的に探索してもらうんだ。アイテムの取得やレベルアップに報酬を設けてもいいいな」

「め、命令で動かさないの？」

「それだと面白味にかける。自分が強くなることにやり甲斐《がい》があった方が成長が捗るさ」

「す、すごいアイデアね」


あと、ギルドを作るなら受付嬢は必須だな。ゲーマーとしてのこだわりだよ。

「ザウスタウンから希望者を募ろうか」


こうして、魔公爵城の中に冒険者ギルドを作ることにした。

まずは、魔公爵城の一室を改装して酒場を作る。そこでモンスター同士が交流すればギルドは盛り上がるだろう。その奥にはカウンターを置いてギルドの事務所とする。

一週間もすればそれらしい場所が完成した。


「ザウス様大変です。ザウスタウンに求人を出したところ、受付嬢の希望者が殺到しております」

「なんで？」

「目的はザウス様かと……」

「俺？」

なんでも、ザウスタウンの中では、俺の元で働きたい人間というのが複数人いるらしい。

それから数日後。メエエルはみんなをギルドに集めて説明する。

「受付嬢のことですが、全員を雇うわけにはまいりませんので、私の方で審査して厳選させていただきました」

流石はメエエルだ。

仕事が早い。

「受付嬢は部署の顔。若くて仕事のできる美人を三十名ほど雇いました」

「美人ばかりにした理由はあるのか？」

「ザウスタウンと城内で噂になります」

「まぁ、美人ぞろいなら男は喜ぶな」

「冒険者にも受付嬢にも、みんなが憧れる場所。それが魔公爵ギルドなのです」

すごいギルドになりそうだ。

「ちなみに、確認をとったところ、全員が添い寝係を希望しました」

そういってノートを広げる。


「記帳は万全です」

「あのなぁ」

「いつでも、この中から好きな子を添い寝係に指名できますので」

今はそんなことにうつつを抜かしている場合じゃないんだ。

メエエルは真剣な顔でアルジェナに伝える。

「ライバルが増えましたね」

「はぁ？　な、な、なによそれ！　ラ、ライバルとかじゃないっての！　あたしはまだ記帳してないんだからね!!」


おいおい。

勘弁してくれよ。あの添い寝システムをアルジェナにまで薦めていたのか。

「そういえばザウス様。報酬の件はどういたしましょうか？」

「まぁ、シンプルにコズンになるかな。アイテムの取得とレベルの成長度合いで報奨金を与えるんだよ」

「……それも良い案だとは思うのですが、モンスターの自主性を重んじるのならば、もっと喜ぶものがよろしいかと？」

「金より喜ぶもの？　なにがあるんだ？」

「ザウス様から褒めてもらうことです」

「なんだそれ？」

「部下たちはあなたに認めてもらいたくてウズウズしているのです。成果に対して、あなたが褒めてくれるのならば命をかけてダンジョンに挑むことでしょう」

よくわからんが、俺に褒めてもらいたいのか。

ならば、トロフィーとか賞状を出してやろうか。

成績をポイント制にしてランキング形式で競わせるのはゲーム制が高くて熱狂するかもしれない。

その方が育成が捗るな。

こうして、ザウスポイントというものが誕生した。

ダンジョンのアイテムをより多くゲットした者、より多くのレベルを上げた者がそのポイントをゲットできる。

月ごとにポイントは集計されて、ランキングの上位者は俺から賞状とトロフィーがもらえる仕組みだ。

こんなんでいいのだろうか？

俺の不安をよそに、ギルドは大盛り上がり、立ち上げたその日のうちにザウス軍の全員がギルド員に加盟した。


「うぉおおお！　絶対に三位になりたいゴブゥウ！」

「三位に入りたいリザ！」

「三位がいいブゥ！」

「オイラは三位しか狙っていないゴブ！」

「がんばってザウス様に褒めて欲しいハピィ！　めざせ三位！」

「ザウスポイントをゲットするスラ！　目標は三位で」


ちなみに、一位はトロフィーと賞状。二位は賞状だけ。三位は頭なでなでとなっている。

なんだよ。頭なでなでって。

子供じゃないんだからさ。三位の副賞を作ったのはメエエルだけど、センスがよくわからんなぁ。

「ザウス様。ギルドは大盛り上がりでございます。特に三位を狙うモンスターが続出しております」

「なぜだ？」

「一位と二位になでなでがついていないのはなぜだ!?　と論争が起きているようですね」

「はい？」

「三位が本当の一位だと公言するモンスターまでいるようです」

「わかったわかった。つけてやれ！　一位と二位にもなでなでしてやればいいだろう」

やれやれ……。なでなでにここまで価値があるとはな。

ゲームをやり込んだ俺でもまったく予想ができなかったよ。

第九話　無限ダンジョン攻略

魔公爵ギルドの運営は順調だった。

アルジェナが戦闘技術の基礎を鍛えてくれていたおかげもあるだろう。無限ダンジョンへの挑戦は大きな事故もなく滞りなく進んでいた。

ダンジョン内にあるアイテムは次々と回収されていく。

また、ギルドにしたことでザウスタウンの問題をクエスト化し、それらをモンスターが解決することで報酬を得る、という流れも生まれていた。

モンスターの強化。並びに勇者弱体化。そして、街の発展である。一石二鳥どころか、一石三鳥になってしまった。

モンスターたちも活気に満ち溢れていた。

ランキング形式でモンスターを競わせること、順位に応じて報酬を与えること。

それらが功を奏したのだろう。

モンスターたちの成長はすさまじい。

一週間で1つしか上がらなかったレベルが、たった一日で3つも上がってしまったのだ。

これにはアルジェナの指導も大きく関与している。

彼女はダンジョンに出現する【湧き出る怪物《ワイテデール》】を把握して、それを戦闘訓練のメニューに取り入れて指示を出すようになっていたのだ。時には討伐依頼をクエスト形式にして成功すれば報酬をもらえるようにしていた。

もう訓練というよりゲーム感覚に近いだろう。ギルドの酒場はモンスターたちで賑《にぎ》わっていた。


今日は月末。

謁見の間にて、モンスターが集まる中、メエエルは一覧表をくれた。

「ザウス様。今月の順位が発表されました」

「おう。一位がトロフィーと賞状。二位が賞状だけ。三位が頭をなでなでだったな」

もちろん、一位と二位にもなでなではついている。

モンスターにとって、頭なでなでは最高のご褒美らしい。

「よくがんばった」

「へへへ。あ、ありがとうございますゴブゥ」

ゴブリンはみんなが羨望の眼差《まなざ》しで見つめる中、俺に頭をなでられて至福の状態だった。

周囲からは「いいなぁ」「羨ましい」「来月こそは三位に入るぞ！」と声が聞こえる。

メエエルはアイテムをテーブルに並べた。


「ザウス様。レベル1の無限ダンジョンから百八個のアイテムが揃《そろ》いました」


早いな。攻略情報もないのにもうコンプか。

やっぱりモンスターに競わせるとあっという間だ。

なにせ、みんなはゲーム感覚でダンジョンを探索するからな。

楽しむ気持ちは効率アップにつながる。やはり、楽しいは正義だよ。


しかし、揃ったアイテムはやっぱりしょぼいな。

薬草に毒消し草。棍棒に革の盾か。

まだ序盤のダンジョンだからアイテムのレベルが低いんだな。


モンスターたちは騒ついた。

理由がわからない俺に、見かねたメエエルがフォローを入れてくれた。

「これで、このダンジョンにはアイテムがない状態ですね。【湧き出る怪物《ワイテデール》】は無限に生まれますが、設置された宝箱は空です。つまり、ザウス様からのなでなでがなくなってしまうということ。モンスターたちはそれで不安になっているのです」

そうなると、部下に探索させるのは次のダンジョン……。レベル2か。
ここならアイテムのレベルも上がるし、育成にも最適。
たしか、推奨攻略レベルは20前後だったよな。

「一番、レベルの高いモンスターでどれくらいなんだ？」
「少々お待ちください」

といって、メエエルは名簿に目を通す。

「一位を獲得したゴブリンのゴブ太郎がレベル32ですね。どうやら彼がトップのようです」
「全体の平均は？」
「20前後といったところでしょうか」

ふむ。

それならレベル2の無限ダンジョンにいけるか。

だが、

「ルールを設けようか。レベル2の無限ダンジョンに入るのはレベル30を超えた者だけだ」

念には念をだ。

「いいか。絶対に無理しちゃダメだぞ。大きな負傷は死につながる。俺は大きな事故だけは絶対に許さないからな」

モンスターたちは震えた。

「ふはぁああ……。ザウス様はお優しいゴブゥウウ」

「オラたちのことを想ってくれてるブゥ」

「やっぱりザウス様が大好きハピィ」

「ザウス様ラブスラァ」

なにか勘違いをしているな。

おまえらのことなんかどうでもいいんだ。

モンスターは貴重な戦力。俺の命を守るためだけの道具にすぎない。


「死亡率ゼロ！　これが魔公爵ギルドの目標だ！　わかったか!?」

「一生ついていきますゴブ！」

「ザウス様のためならどこまでも行くブゥ！」

「ザウス様万歳！」

「ザウス様、てぇてぇ。てぇてぇハピィ！」


死亡率をゼロにすることはモンスターたちにとってもメリットがある。互いの利益が共有できれば組織としてはベストな状況だろう。

次は俺のステータスを上げたいな。


「アルジェナ。ダンジョン攻略はもうモンスターたちだけでもやっていけるかな？」

「ダンジョン関連の訓練メニューをリーダー種に任せればモンスターだけでも攻略は可能かもね」

「よし。なら、俺たちは二人だけで訓練しよう」

「え？　ふ、二人だけで!?」

「ああ。おまえの剣技をみっちり俺に教えてくれ」

これで俺が強くなれば更に盤石だ。

「ふ、ふた……二人きり……。ふた、ふた、ふた……」

「なにを真っ赤にしてんだよ？　風邪か？」

「風邪じゃないわよ！」

俺の今のレベルは25だ。

これをもっと上げてやる。

「け、け、剣技の特訓なんだからね！　そ、それ以外のことはないんだからね！　勘違いしないでよね！」

「はぁ？」

そうだ。

せっかくアルジェナが専属のコーチになるんだから、こういうのはどうだろうか？

「俺にブレイブスラッシュを教えてくれ」

「無理よ。あの技は人間専用だもん」

「とりあえず、やるだけやってみよう。判断はそれからでも遅くはないだろう」

本来、ブレイブスラッシュは勇者が師匠のアルジェナから伝授される技なんだ。

魔王討伐で大活躍するスキルだった。

それを中ボスである俺が習うとは、なんだか皮肉なもんだよ。

だが、魔王討伐で活躍するほどの剣技を見につければ、勇者討伐の可能性は格段に上がる。

習得できるかは謎だがな。やってみる価値はある。

～～セアｓｉｄｅ～～

ハジメ村のはずれ。

セアは大きな木に打ち込みをしていた。

バシンバシンと何度も木剣を叩きつける。それは自作の剣で、拾った木を自分で削った物だった。

手は血豆だらけ。

やがて、限界を感じて地面に両手をついた。

（強くなりたい……。でも、剣技を教えてくれる人は誰もいない。村人は僕より弱い雑魚ばかりだ）

彼の視線は自作の木剣へと向かう。

(強い武器があれば強くなれる……)


彼は武器の入手方法を村の中で探った。

武器は王都の武器屋に売っているが、幼い彼に資金はなく。武器が無料で手に入るダンジョンの情報を聞きつける。


そこは遺跡のような場所だった。古びた石畳には苔《こけ》が生えいて、村人の情報でも、いつから存在するのかわからない。

セアはそんなダンジョンの入り口にやって来ていた。入り口には三角形のアイコンが浮いていて、彼が注視すると【無限ダンジョン：レベル1】と表記された。

彼は運命を感じる。

なにか、選ばれた自分だけが見ることができる特権的表示。

彼はこのような表示を【神の導き】と呼んでいた。

「ふふふ。ここなら僕でもなんとか探索できるはずだ」

ダンジョンを探索するセア。一階層の敵はそこまで強くなかった。

自作の木剣で【湧き出る怪物《ワイテデール》】を狩りまくる。敵はレベル1や2のスライムやゴブリンである。

やがて、ある部屋にたどり着いた。

扉の上にはうっすらと【！】が表示されている。

彼はそれを見つめてニヤリと笑った。


「【神の導き】だ。たぎるぜ！」


【！】のマークはアイテムがある証拠。彼には感覚的にそれがわかっていた。

このマークは勇者が確認するまで消えないのだ。

案の定、部屋の中には立派な宝箱がある。

しかし、蓋を開けた途端、笑みは消えた。


「ない！　宝箱が空っぽだ！　なんで!?　どうして!?」


モンスターが出るこのダンジョンは、村の中でも危険な場所として有名だった。

ゆえに、村人が近づくことはない。

まして、誰かが入って宝箱を取ったりなどは、絶対にあり得ないのである。

（僕だけのはず……。このダンジョンに入るのは僕だけのはずなのに!?）

彼は何度も宝箱の中身を確認した。隅々まで見てもなお、

「ない！　小さなアイテムすら残っていないぞ……」

そして一つの結論に帰結する。

「そうか。ダミーだ！」

ダミーの宝箱。それなれば合点《がてん》がいく。

彼はニヤリと笑った。

（ふ。甘いな。僕を騙《だま》そうったってそうはいかないぞ）

セアはダンジョンを進む。そして、何度目かの戦闘を経て、再び、宝箱の前に立った。

「ふふふ。今度こそ」

ゆっくりと宝箱の蓋を開ける。

喜び勇むとはこのことだろう。胸の鼓動は高まって、その音は体の外にも聞こえてきそうなほどだった。しかし、

「ない！　ここも空っぽだ!!　どうして!?」

それから宝箱を見つけるも、

「ない！　ないぞ!!　ここも空だ!!」

それから何個も見つけたが、

「ない！　全部空だ!!」

彼は両手を地につけた。

「どういうことだ!?　宝箱が全部、空だとぉお!?」

どれだけ考えても答えが出ない。
彼の中には絶対的な確信があった。【この場所は自分だけが入れる】と。
にもかかわらず、宝箱が全て空なのである。

「クッソォ!!　誰が奪ったんだぁーーッ!?」

セアの絶叫がダンジョンに響いた。

第十話　ザウスのスキル

「スラッシュッ！」

俺は象よりも大きな巨岩を真っ二つにした。

「すごい！　もうあたしのブレイブスラッシュをマスターしたわね」

木刀でこの威力だからな。なかなかのものだろう。

俺は自分のステータス画面を見つめていた。

メタルヒトデンでレベル上げをしていた時に感じていた違和感だ。

魔公爵は妙にレベルが上がりやすい。スキル習得も同様に容易だ。

どうやら固有スキル【レベル二倍強化】の作用によって、スキル経験値も二倍になっているようだ。

おそらく、このスキルの詳細は【なんでも二倍にする】ということなのだろう。

ゲームではややチート級の能力だが、チュートリアルでやられる中ボスだからこその特権なのかもしれないな。【なんでも二倍】だから、技能の習得しやすさも倍。おかげで、俺は驚異的な速さでブレイブスラッシュを覚えられたわけだ。


しかし、このスキル。

その恩恵は良いことばかりではない。

初めて知った時は納得したものだ。


実は、状態異常のかかりやすさも二倍になっている。

中ボスをスキル無効の状態異常にして倒す。

長所が弱点になる。


これがこのゲームのチュートリアルだ。

まぁ、なんにせよ。

この固有スキルは使える。


「ブレイブスラッシュ」

「斬り込む速度と破壊力がすごいわ。なんならあたしの斬撃より威力が高いかもしれない」

「しかし不思議だな。アルジェナのスラッシュは光り輝いているのにさ。俺のは真っ黒のオーラが出ている」

「そうね。禍々《まがまが》しい感じよね」

魔族の力が作用しているのかもしれない。

これなら別の技として改名してもいいだろう。

名前はそうだな……。

「ダークスラッシュに改名しようか」

「いい名前ね。魔公爵らしいわ」

確実に強くなっている。

やはりアルジェナを指導者にして良かった。

「すごく助かった。これはお礼をしないとだな」

「べ、別にいいわよ。給金はもらっているしさ。住居は最高の部屋だしね」

「いや、貴重な秘技を教えてもらったからな。それなりに礼はするよ。なにか欲しいものはないか？」

「欲しいもの……。うーーん」

「ザウスタウンに市場があってな。あそこの品揃《ぞろ》えはすごいんだ。もしかしたらアルジェナが気に入るものがあるかもしれないぞ」

「か、買い物に行くの？」

「ああ、嫌か？」

「……い、嫌じゃないけど」

「あれ？　顔が赤いな？」

俺が彼女の頬に手を添えると、アルジェナはなんの抵抗もなくこちらを見つめ返した。

「やや熱っぽいか？」

「こ、これはそういうんじゃないっての……。　い、行くわよ。買い物くらい！」

こうして、俺とアルジェナはザウスタウンに行くことになった。

＊　＊　＊

「……メエエルも一緒なのね」

「当然です。私はザウス様のお世話係ですからね。おや？　なんだか残念そうな顔に見えますが？」

「は？　べ、別に！　そ、そんなんじゃないわ!!」

「アルジェナさん。今日は白のワンピースですか。その髪飾りは見たことがありません。すごく可愛いです。ちょっとした買い物に行く服にしては妙に気合いが入っていますね」

「ふ、普通よ！」

二人はいつも楽しそうだ。

やはり女同士の方が気が合うんだな。

「まずは飯にするか」

俺たちはザウスタウンで一番人気の飯屋に入って昼食をとることにした。

豪華な食材がズラリと並ぶ中、俺とアルジェナは大きなエビが気に入ったので手づかみでガツガツと食べる。

「「お代わり！」」

メエエルはナイフとフォークを使って上品に食べていた。

そんな傍ら、新しいエビが運ばれてくるとアルジェナはニンマリと笑う。

「ザウス。どっちが早く食べれるか競争よ」

「ふ。魔公爵を舐めるんじゃない。負けはせん」

とはいえ、アルジェナは器用なので殻を剝《む》くのが早い。明らかに負けそうだったので途中から殻ごとバリバリと食べてやった。

「ちょ！　それ卑怯《ひきょう》だってば！」

「殻ごと食べてはいけない、というルールは……なかったが？」

「むーー。なによそれぇ！」

メエエルがクスクスと笑う中、エビの早食いは俺の勝利で終わった。特に勝利報酬は設けていなかったが悔しそうにしているアルジェナを見られただけで十分だ。

それから三人で服屋に行く。

二人は試着室に何着も服を持ち込んでは俺に見せてきた。少し、モジモジと恥ずかしそうだ。

「ザウス様……。どうでしょうか？」

「ね、ザウス……。この服どうかな？」

二人の美貌は尋常ではないので、どの服を着てもよく似合う。メエエルは女子アナのように清楚《せいそ》だし、アルジェナはアイドルのように可愛い。

俺は聞かれる度に「うん。似合ってる」というだけなのだが、それでも二人は嬉しそうにまた違う服を試着するのだった。

よっぽど服を着るのが楽しいんだろうな。

女の子ってそういう生き物なのだろうか？

異性とのデートは一度もしたことがないけれど、これであっているのかな？

よくわからんが、似合っている服は全部買ってやろう。今日はアルジェナの買い物なんだが、メエエルにも普段からお世話になっているからな。

「え!?　ザ、ザウス様。こんなに服を買っていただくなんて申し訳ないです！」

「そうよ。ザウス。悪いわよ」

「いや、気にするな。こんな機会はめったにない。おい店主。全部くれ」

「「えええええ!?」」

二人は口を大きく開けて驚いていたが、なんだかんだで嬉しそうだ。

良かった。こういうサプライズがあれば仕事のやり甲斐も増すだろう。

続いて宝石店を訪ねた。

アルジェナは服屋とは打って変わって、宝石店の中ではソワソワしていた。どうやら場違いと思っているらしい。

店内を見ていると、ふとあるネックレスが目に入った。

それはアルジェナの髪の色と同じ朱色が美しく映える魔石のついたネックレスだった。


「ちょっと高級すぎよ。あ、あたしなんか似合わないってば」

「いや。付けてみればいいじゃないか。試着して気に入らなければ別のにすればいい」

「う、うん……」


彼女は顔を真っ赤にさせながらもネックレスをつけた。

鏡に映る彼女は中々である。

うん。


「似合ってるよな？」

「はい。アルジェナさん。とてもいいと思いますよ」

「そ、そうかな……。えへへ」

うん。この魔石はいい……。アルジェナによく似合う。

俺はそのネックレスを店員の所に持っていこうとした。


「え、でもこれ高いよ？」

「いや。普段のお礼もあるからな。部下はおまえのおかげでずいぶんと強くなった」

「あ、あたし……。男の人にプレゼントをもらったの初めてだ」


そういえば、彼女と恋愛モードになるのは勇者だったな。

敵役の俺が彼女と買い物をしているのは複雑な気分だよ。


「初めてが俺で悪いな」

「そんなことないけど……」

「これからも魔公爵の剣技指南役としてがんばって欲しい」

「う、うん……。ネックレスありがとう。大事にするね」


それから、俺たちは孤児院に寄ることにした。

丁度、建物が完成して孤児たちが入居した頃なんだ。

孤児院には大きく【ザウスタウン孤児院】と立派な看板が掲げられている。

特に孤児院の名前は決めていなかったが、建物は町長が中心に作ったからな。ずいぶんと張り切ったものだよ。


孤児たちはやってきたアルジェナに大興奮。

そして、俺の元へも集まった。


「ザウス様だーー！」

「わぁーーい！」

「素敵な部屋をありがとうございます！」

「ベッド見て見て。ふかふかなの」

「私、将来はザウス様のお嫁さんになりたい」

「お、俺はザウス様のもとで働きたい！」


なぜか懐かれている。

俺は人間の敵なんだがな。

孤児院の院長は困った顔をした。


「ザウス様、申し訳ありません。失礼な言動をお許しください」

「まぁ、元気でなによりだ」

せっかく来たからな。

孤児院の運営について聞いておこう。

「なにか不自由はしていないか？」

「不自由なんてとんでもございません。健康な食事、衛生的な寝床、適度な教育。ここは孤児院とは思えないほど設備が整っております。それもすべてザウス様のおかげでございます」

ふふふ。無駄を廃止し、徹底的に発展させるアイデアを盛り込んだからな。この子らが大きくなって魔公爵城で働くとなったらいい人材になるだろう。

アルジェナは満面の笑みを見せる。

「信じられないくらいに充実した孤児院よ。子供たちも元気だしね。みんなザウスに感謝しているわ」

俺は別に救済しているわけじゃないさ。

なにごとも効率。

孤児院が大きくなれば、将来は街の発展にも繋《つな》がるだろう。

孤児が飢えで命を落とすのは貴重な労働力の消失だ。

孤児が育てば働いて税金を落とす。税収は領主である俺の元に入ってくるからな。

全て、俺のためになっている。

やっぱり、俺って悪いやつだよな……。

他人を利用することしか考えていない。

まぁ、魔公爵だし、そもそもここはゲームの世界だしな。

俺の好き勝手にやらせてもらうさ。

そういえば、

「院長。教育や躾《しつけ》はいいが、きちんと遊びの時間は与えているか？」

「は？　あ、遊びの時間でございますか？　特になにもしておりませんが？」

「定期的に遊びの時間は作ってやってくれ。楽しいは正義だ」

「た、楽しいは正義……ですか」


そうだ。

やっぱり、子供は遊ばなくちゃな。

遊びこそが最高の教育だよ。

すると、一人の女の子が俺の手を引っ張った。

「ザウス様、かくれんぼやろう」

「え？　俺と？」


そういえば、そんな遊びは懐かしいな。

よし。


「アルジェナ。メエエル。おまえたちも参加だ」

「わ、私もですか？」

「当然だ。みんなでやるんだ」

「承知しました」

「ふふふ。エビのリベンジね。負っけないわよ！」

俺たちは子供たちと日が暮れるまで遊んだ。

意外にもメエエルが一番楽しんでいたかもしれない。

第十一話　最強の剣

ハジメ村。

セアは顔を真っ赤にしていた。鬼の形相とはこのことだろう。

村人を見つけるやいなや、襟首を掴んでゆすった。

「どういうことだ！　無限ダンジョンにアイテムがなかったぞ！」

「し、知らねぇよ！　あんなモンスターが湧いてくるダンジョンに近づくわけがないだろ！」

そう言われて、セアは我に返る。

(確かに。こんなカスみたいな戦闘力の村人があんな危険な場所に行くわけがない)

セアが手を離すと村人はケホケホと咳《せ》き込んだ。

「アイテムが手に入らなかったのか？」

セアはそんな質問を無視して石ころを蹴った。


「クソ！　アイテムが欲しいのに!!」

「だ、だったら北の祠《ほこら》はどうだ？　なんでも貴重なアイテムがあるらしいぞ」

「どこだ。教えろ」


セアは村人に教えられた北の祠に行ってみた。

そこは石でできた神を祀《まつ》る場所だった。

扉があって、中に人が入れるらしい。

その入り口の上部には大きな矢印がプカプカと浮いていた。


「やった！　【神の導き】だ！」


（【神の導き】があるなら、ここは特別な場所だ）

セアは胸の鼓動が高鳴っているのを感じた。

「たぎるぜ……。さぁ、中に入ろうか」

セアが祠に入ると、中は意外にも明るかった。
周囲の石壁には水晶でできた窓があり、そこから日が入る。
部屋の中央には祭壇があり、その前にどう見ても怪しいローブをかぶった老人が立っていた。

(なにかの宗教かな?)

周囲に漂う空気はどこか厳かだった。

「ほお……。ここに来られるとは勇者の子孫かな?」
「そうだよ。僕は勇者になる正義の男さ」
「この祠には結界が施してある。普通の人間は当然のこと、魔族やモンスターは絶対に入れないのじゃ。選ばれた勇者の血を受け継いだ者だけが入室できる場所なのじゃよ」
「だったら、入れて当然だな。僕は勇者の子供なんだからさ」

老人はそんな彼を見て目を細めた。

「ふぅむ。しかし、そなたはまだ若い。勇者の証を持ってくるのだ。立ち去るがよい」

勇者の証、とは王城の祭壇で神官から授かる印のことである。証には大きな力はないが、ゲームでの各イベントのキーとなっていた。

「おじいさん。僕は強くなりたいんです。そのためには強い武器がいる。ここには特別な武器があると聞いてきました」

「うむ。強者にしか使えぬ、強力な武器が存在するぞい。しかし、今はその時ではない。立ち去るがよい」

「帰れません。僕には武器が必要なんです」

「立ち去るがよい」

「お願いします。武器をください！　その方がたぎるんです！」

「運命が動き出すのはそなたが十五歳になってからなのじゃ。立ち去るがよい」

「どうしてもいただけないのでしょうか？」

「それが運命。成人してから来るのじゃ」

「成人まで待つなら四年もかかりますよ」

「それが運命なのじゃ。立ち去るがよい」

「どうしても？」

「うむ。運命は変えられぬよ」

セアは入念に周囲を見渡した。

室内には老人と自分しかいないことを確認すると、その表情は豹変《ひょうへん》した。

「おい、じじい。いい加減にしろよ」

「え？」


セアは老人の首を絞めた。


「ひぃいいい!!」

「子供だからってバカにするんじゃないぞ。くそじじい。僕は勇者になる者なんだよ」

「うぐぐぐ……。そ、それはわかる。……し、しかし、運命は……」

「ごちゃごちゃとうっせぇえんだよぉお！　このまま首の骨を折ってやろうかぁ？　んんん？」

「ひぃい!!」

「いいか、じじい。僕は勇者なんだ！　この世界を救う正義の味方なんだよ。魔公爵を倒す救世主。それが僕だぁ!!」

「うぐ……し、し、しかし……」

「この祠の中に入れるのがその証拠なんだよ！　とっとと隠してる武器を渡せぇ！」

「し、しかし、物語が……」

「うるさい‼　ぶっ殺されたいのかぁ‼」

「ひぃぃい‼」


老人は汗を飛散させながらそそくさと木箱を持ってきた。

それは細長い木箱で、明らかに剣を収納している物だった。

木箱を開けると、ムアァアッと黒いオーラが発生する。


「こ、この剣は？」

「デーモンソード。いにしえより伝わる最強の剣ですじゃ」


セアは目を凝らした。

すると、剣の表面にステータス表記が現れる。


「武器のステータスはまぁまぁ高いな。でも、この二つの特殊能力が気になるな」


それは、【攻撃力レベル二倍】と【最大HP一固定】だった。

攻撃力レベル二倍とはその名のとおり、現状のレベルを二倍にして攻撃してくれる効果。

後者の表示は赤文字で書かれていた。

「なんだ、この効果は？　赤い表示が気になるぞ」

「これは魔族の武器。装備すればわかりますですじゃ」

「装備するまでもない!!　これは高い恩恵と同時にデメリットの大きい、呪われた武器だろうが！」

「そ、それは……」

「装備したが最期。街の教会で呪いを解いてもらわなければならない。解呪の作業にはバカ高い費用がいると聞いているぞ!!　赤い表示がその証拠だ!!」

「え、えーーと……。わ、わしの仕事はこの武器を勇者に渡すのが使命なのじゃ。それ以上のことはわからぬ」

「ふざけるな！　本当にぶっ殺すぞ!!」

「ひぃいいい!!」

「こんな剣いるかぁああ!!」


そういって、セアは剣の入った木箱を窓に向かってぶん投げてしまう。

彼の腕力で投げられた木箱は窓を破壊して遥か遠くまで飛んでいった。

「ああ！　最強の武器がぁあああ!!」

「ははは！　いい気味だ！　くだらない武器を守っているからこんなことになるんだよ。くそがぁあ！　たぎるぜ！」

老人はがっくりと項垂れて涙を流す。

「あああ……。わしが守ってきた武器が……」

「ちっ！　とんだ無駄足だったよ。こんなところ二度と来るもんか」

「ああああ……」

「ぶっ殺されなかっただけ感謝するんだな」

セアは悪態をつきながら村へ帰って行った。

＊　＊　＊

一方、飛ばされた木箱は無限ダンジョンの近くに着地していた。

「あれ？　なんだこれゴブ？　あ、中に剣が入ってるゴブ！　もしかしたらザウス様が喜んでくれるかもしれないゴブ！　持って帰るゴブ！」

彼の名前はゴブ太郎。麦わら帽子がトレードマークの気のいいゴブリンである。

ゴブ太郎は木箱を抱えたまま魔公爵城へと帰った。


魔公爵ギルド謁見の間。

周囲にモンスターが集まる中、ゴブ太郎は拾った物をザウスに見せた。


「これ……。無限ダンジョンにレベル上げに行ったら拾ったんゴブ。ダンジョンのアイテムじゃないからポイントはもらえないゴブ？」

「いや……。ポイントどころか……。これ……。デ、デーモンソードじゃないか！　神聖な祠に祀られていてモンスターは入れないはずだが？」

「えーーと。ダンジョンの外で拾ったゴブ。オイラは祠には入ってないゴブよ」

「間違いない……。これはデーモンソード。ステータスにある【攻撃力レベル二倍】と【最大ＨＰ一固定】がその証拠だ」

「あちゃぁ。【最大ＨＰ一固定】では使いもんにならないゴブね。一発喰《く》らったら即死ゴブ。ゴミだったゴブか。お手間を取らせて申し訳ないゴブ」

「いや、違うぞ。ゴブ太郎」

「ゴブ？」

「でかした！」

「ほえ？　どうしましたゴブ？」

ザウスはそのゴブリンを抱きしめた。


「でかしたゴブ太郎！　おまえは偉い!!」

「ええゴブゥーー!!」

「よしよしぃーー!!」

「ほぁあーー!!　オイラ、撫《な》でられてるぅ！　ザウス様に頭を撫でられてるゴブぅうーー!!」


周囲のモンスターは羨望の眼差しでそれを見つめる。


「いいなぁスラ」

「ゴブ太郎、ハグまでされて羨ましいゴブ」

「ええ……。マジかよぉブゥ」

「拾ったアイテムで……。し、信じられんリザ」

「ふはーー！　ゴブ太郎はめっちゃついてるハピィ」

「しかし、わからないゴブね。なんで呪われている武器がいいんだゴブ？」

モンスターたちにはザウスが喜ぶ理由がわからない。

メエルも小首を傾《かし》げて聞いてきた。

「ザウス様。みな、この剣に疑問を抱いているようです。なにがそんなによいのでしょうか？」

「ふふふ。これは最強の剣なんだ」

「「「ええ!?」」」

魔公爵城にモンスターたちの声が響く。

第十二話　最強の武器をゲット

メエエルたちが驚くのも無理はない。

なにせ、目の前の剣は、装備したら呪われる武器だからだ。


この武器はブレクエの序盤で呪い武器として登場するのだ。

そのイベントは【呪い】という効果があることをプレイヤーに知らしめるチュートリアル。

装備したらＨＰが一になって、しかも外すことができない。

呪われたら街の教会に行って解呪の魔法で外してもらわなければならないんだ。しかも、その魔法付与には大金が必要になる。

面白いのは、この剣自体は武器屋で売っても微々たる金額にしかならないことだ。

だから、捨てるプレイヤーが続出してしまった。

ところが、この剣は魔王を倒してから最強武器に格付けされる。

メインシナリオの達成報酬として、主人公が魔王や俺が所持しているスキル【呪い効果無効】を所持できるようになるのだ。

これにより、デーモンソードの【攻撃力レベル二倍】の恩恵だけを受けることができる。

ゲーム終盤からエンドコンテンツに至るまでデーモンソードが最強の武器になるカラクリはこれ

だ。

そんなことを考えていると、アルジェナはデーモンソードに目が釘付《くぎづ》けになっていた。

「なんて禍々しいオーラを放つ剣なの……。あたしが装備したら呪われてしまいそうね」

「触らない方がいい。誤って装備してしまうと呪われてしまう。持てるのは選ばれた魔族だけだ」

「え？」

俺はデーモンソードを装備した。

「の、呪いが怖くないの？」

「呪われないさ。俺は【呪い効果無効】のスキルを持っているからな」

「そうか！　だったら【攻撃力レベル二倍】の恩恵だけを受けられるってわけね」

「ああ。装備するだけで実質二倍のレベルの攻撃力にしてくれるのがこの武器なんだ」

さらに、このスキルはほかの武器にも適用される隠された効果がある。それは、他の武器の恩恵も二倍にしてくれるというもの。

つまり、剣をもう一本持てば、その剣の攻撃力分も二倍にしてくれる。

まさか、そんな最強武器が序盤のチュートリアルで手に入るとはにくい演出だよな。

魔王を倒して以降のエンドコンテンツでは大活躍だった。

なにより、この禍々しいオーラ。厨二《ちゅうに》心をくすぐるよ。

ちょっと闇落ちした感じの主人公は格好がいい。

それにしても、おかしいな？　デーモンソードを保管している祠は強力な結界があってモンスターは入れないはずなんだが……。


「なぁゴブ太郎。本当にこの剣を拾ってきたのか？」

「落ちていたゴブよ」


あの祠は勇者にしか入れない場所だ……。

そうなると、勇者が剣をゲットして捨てたことになる。

今、主人公は十歳だ。

この剣を手にいれるのは十五歳の勇者認定式の後のはず。

つまり、もう活動しているということか……。

勇者の証がない状態だと入れる場所が限られてくるのだがな。

十歳の少年がもう活動を始めている……。

「ザウスだけ、こんないい剣を装備できるなんて羨ましいわね。あたしも魔族になろうかしら。……ふふふ、なんてね」

アルジェナが原因かもしれないな……。
本来ならば、彼女は勇者の師匠になっていたはずだった。
俺が彼女をスカウトしたから運命が変わってきているのだ。
それにレベル1の無限ダンジョンのアイテムも全てこちらが回収したからな。
勇者が強化できる選択肢を俺が奪ったことになる。
だから、勇者の行動が変わったのだ。
これは、勇者が強くなる工夫をしている証拠。
うかうかしていられないな。

「みんな！　気を引き締めて訓練してくれ！　今よりもっと強くなるんだ！」

もっと、部下たちを強くしたい。
部下たちだけで勇者に圧勝するのが理想だ。
ならば、報酬は豪華にしなくてはな。

「今後はレベルアップが一番高かった者に、特別招待券をつけるぞ！」

場内は騒つく。モンスターたちは食い入るように俺の言葉を待った。

「この券をゲットした者は俺の夕食に招く！　いわばディナー招待券だ！」

「ええーー！　それは絶対に欲しいゴブゥ!!」

「オラ、ザウス様と夕食を一緒したいブゥ！」

「ザウス様と夕食が食べれるなんて夢みたいハピィ！」

「絶対にゲットするリザァ！」

もっと、もっと、強くなるのだ。

絶対に勇者には負けられない。


〜〜セアside〜〜


セアはハジメ村の高台で一人黄昏《たそが》れていた。

雲の動きを見つめながら過ぎゆく時間を感じる。

（強くなりたい……。それなのに、師匠は見つからない。武器やアイテムすらないなんて……）

ステータス画面にはレベル22の表示。

無限ダンジョンのモンスターを狩りまくって、ここまでの数値にはしたものの限界を感じていた。

レベルは上がりにくくなり、スキルも習得しない。

決定的になにかが欠けている。

（剣のスキルとか習得できたらなぁ……）

「元気出してよ。セア」

そういって、彼の背中を摩《さす》るのは幼馴染《おさななじみ》のミシリィだった。

彼女は村一番の秀才。「ロジカルに」が口癖の心根の優しい少女だった。

髪は光り輝く金髪。大きな瞳に肌は雪のように真っ白だった。

どのパーツをとっても美少女というのに相応《ふさわ》しい。

しかも、十歳だというのに妙な色気がある。化粧などしていないというのに艶《つや》やかな唇で、胸はわずかに膨らんでいた。

セアは全身が汗ばんで、ゴクリと唾を飲み込んだ。

（た、たぎる……。彼女を見つめると胸の鼓動が止まらない……）

「ここは景色がいいわね。あーー、いい風。ふふふ」

（将来は絶対に僕のお嫁さんにしてやる）

と、意気込むものの、結果は伴わない。

強くなれない現状に、セアはただしょんぼりと項垂れた。

（こう、強くなれないんじゃ、ミシリィにもそっぽを向かれそうだよな。なんとか強くなれる方法を考えないと……）

そんな彼を見かねて、ミシリィは優しく微笑《ほほえ》んだ。

「魔神狩りのアルジェナは見つからなかったの？」

「ああ。色々と探したんだけどね。一体、どこで働いているのやら。もう一度ツルギ村に行って村人を締め上げてやろうかな。拷問すれば自白するかもしれない」

「や、やめてよ。そんなこと可哀想《かわいそう》だわ」

「はぁ？　僕は勇者になる男だぞ！　僕に隠し事なんかするから拷問を受けるんだよ！」

「ロジカルに考えても本当に知らないかもしれないわよ。それに、隠しているならわけがあるんだろうし。他人がとやかく詮索することじゃないわ」

「でも、僕はもっと強くなりたいんだ。強力な武器が欲しいし、なにより剣のスキルを覚えたい。そのためには達人に教えてもらう必要があるんだよ」

「……わかったわ。私の親戚に剣の達人がいるから、その人にお願いしてみるわね」

「その人は強いの？」

「うん。山を三つ越えた所にマスル村という山村があってね。そこで最強を誇っているらしいの。デコピンで熊を倒しちゃうんだって」

「へぇ……」

「熊殺しのゲバルゴンザ。それがその人の異名みたいよ」

(な、なんか、すごい筋肉質な感じだな。デコピンってのもなぁ……)

「つ、強そうだね。でも、僕は筋肉をつけたいわけじゃないんだ。剣技を教えてもらいたいんだよ」

「ロジカルに言って、彼女は剣の達人よ」

「彼女？　お、女なの？」

「ええ。正真正銘、女性よ」

（お、女か……。ちょっとたぎってきたな）

「かなり、胸が大きくてね。あっちでは男の人にモテモテなの」

「へ、へぇ……！　全然、興味ないけどね！　そんなことより強くなれることの方が嬉しいよ」

（美人の巨乳剣士……。巨乳……。たぎる……。いや、べ、別にだからどうだというのさ）

ゲバルゴンザは長い黒髪の美人だという。

年齢は二十歳。

（お姉さんタイプか……。これは甘えられるかもしれないな。いや、別にどうでもいいけどな！）

＊　＊　＊

一週間後。

ミシリィは大柄な女性を連れてきた。

「セア。この人が剣の達人、ゲバルゴンザさんよ」

それは身の丈二メートルを超える女性。

全身筋肉質で、顔つきは百戦錬磨の戦士を彷彿とさせた。しかしながら、化粧は濃い目で、アイシャドウはバッチリ。大きな口には真っ赤なルージュが艶やかに塗られていた。香水をつけているのだろうか。まるで貴夫人のようないい香りがする。

「へぇ。可愛い坊やだね。あたいはゲバルゴンザ・ウォッホ。大剣使いさ」

（ハスキーな声……。自分のことをあたいっていうのか……）

「あたいは気に入った人間しか弟子にしないんだけどね。ミシリィの連れってんでやってきたのさ」

（た、確かに胸はデカい。というか、全部胸筋じゃないのか？　すさまじい胸板。これじゃあ女というか……）

「ゴリラだ」

「なんですってぇ！」

ゲバルゴンザはセアを摑んで尻を叩き始めた。

「このガキ、社会常識を知らないのか!!　女にゴリラは禁句なのよ!!」

ペシィイイイッ!!　ペシィイイイッ!!


「ぎゃあああ!!」

「レディに無礼を働いた罰だよ。謝んな！」

「暴力反対だ！　野蛮人め！」

「誰が野蛮だ！　ざけんじゃないわよ!!」

「ひぃいいい!!」

「謝んな！」


(ク、クソが！　こんな女、全然たぎらない！　絶対に謝るもんかぁ!!)


「ふん！　いい根性してるじゃないか。気に入ったよ。生意気なガキを教育するのはあたいの趣味なのさ。あんたを弟子にしてやるよ」

「お、お断りだ！　誰がゴリラの弟子になるか!!　僕は勇者になる男なんだぁ!!」

「まだいうか！　本当に生意気なガキだね！　教育的指導！」

パシィイイイイイイイイッ!!

「あぎゃぁあ!!」


こうして、セアは半ば強制的に彼女の弟子になった。

ゲバルゴンザは食事さえも修行の一環として用意した。


「え？　また牛の赤身肉ですか？　昨日もでしたよ？」

「良質な蛋白質《たんぱくしつ》はいい筋肉を作るのさ。きちんと食べなきゃ、あたいみたいなマッチョになれないよ」

「いや。別にマッチョになりたいわけではありません。僕は剣技を教えて欲しいのです」

「生言ってんじゃないわよ！　これは命令だよ！　いうこときかないとお尻ペンペンだからね！」

「ひぃいい!!」

(クソクソォ!!　絶対に強くなってやるぅう!!)

第十三話　一年経過

前世の記憶が戻ってから一年が経った。


今は十六歳。

ブレクエのシナリオでは、あと四年後に勇者が攻めてきて倒される運命である。

アルジェナの活躍は目覚ましい。戦闘訓練を受けた部下モンスターたちはずいぶんと強くなった。

俺も同様にかなりレベルアップしている。

部下たちはレベル１００に到達。

俺はレベル１５０を超えたところだ。

通常のシナリオならば、レベル66で倒されることになっているからな。

そう考えたらかなり余裕が出てきているだろう。

なんなら、今のうちに主人公を倒しに行ってもいいかもしれない。


主人公が勇者認定を受けるのは今から四年後だ。

今はまだ十一歳の子供。

勇者の行動が変化していることは気がかりだが、弱いうちに闇討ちしてしまうというのも得策か。

まぁ、殺してしまうまでもなく誘拐して監禁するのも手だろう。

しかし、主人公がいるハジメ村にはモンスターが入れない結界ができていた。

ゴォザックの襲撃以来、王都ロントメルダが結界を強めたようだ。

ゴォザックが奴隷狩りをするときには、結界を破って攻めていたようだが、その都度破ったことが王都に知られて、毎度衝突していたようだ。

同じように結界を破ってしまうと、衝突は避けられないだろう。

勇者の戦いを前にして人間と争うのは非効率だ。たとえわずかでも、こちらのダメージはゼロにしておきたい。

それに、万が一、主人公が俺より強い可能性がある。

運命は変わってきているからな。慎重にことを進める必要がある。

なにせ、ブレクエには主人公補正が存在する。

勇者のスキルには要注意だ。

勇者は体力が極限に減った時だけ【勇者の一撃】を発生させることができる。

いわゆるクリティカル攻撃。通常の倍以上のダメージを相手に与える。

俺の父親、魔公爵ゴォザックはこの力によって倒されてしまった。

中ボスとして、もっとも警戒しなければならないのは、この主人公補正スキルなのだ。

たとえ【レベル二倍強化】の固有スキルを無効化されなかったとしてもあなどれない。喰らえば即死する可能性がある。

今の主人公を知る必要があるな。

優秀な人材が必要だ。

結界をすり抜けて主人公の状況を調べられる存在が……。

「スパイでございますか？」

と、世話係のメエエルが瞳をパチクリとさせる。

「そうだ。ザウスタウンの領民を使いたい。誰が適任だと思う？」

彼女は自身のある笑みを見せた。

「でしたら、とっておきの人材がございます」

＊　＊　＊

翌日。メエエルが連れてきたのは人間の少女だった。

「誰だ？」

気の強そうな雰囲気だが……。

髪は茶色。肌は白磁のように白い。端整な顔立ち。

服装は地味だが、全身から放たれるのは美少女のオーラ。

この顔どこかで……。

彼女は頬をピンクに染めながら、俺と目が合うや、深々と頭を下げた。

「スターサと申します。今年で十二歳になりました」

年齢の割には大人びた対応ができる子だな。

「ザウスタウン孤児院からやってまいりました。お呼びくださり光栄でございます！」

そういえば孤児院で見た顔だな。一緒に鬼ごっこをした記憶がある。

ステータスはモブキャラか……。よくよく考えればモブはステータス画面を見ることができない。

勇者のレベルを調べられないんじゃスパイとしては向いてないかもしれないな。

「彼女は城内で働きたいそうです。以前から希望は受けていたのですが、まだ十二歳ということで断っていました。しかし、今回の内容ならばスターサは適任かと」

まだ小さな子供だ。万が一でもなにかあれば……。まぁ、モブキャラのことなんぞどうでもいいがな。とはいえ、将来は大事な労働力になるんだ。無碍《むげ》にはできん。

「魔公爵のスパイだと発覚すればどんな目に遭うかわからない。危険すぎる。それにおまえは勇者のステータスを見ることができないだろう？」

スターサはニヤリと笑った。

「90　55　82」

「なんの数字だ？」

急に、メエエルは胸を隠した。

「い、いつの間に……」

「なんのことだよ？」

「わ、私のスリーサイズです」

ああ……。

「たしかに、私は勇者のレベルを見ることができません。しかし、周囲の情報から数値を知る術《すべ》はあります。私ならきっと上手くやれます！　どうか使ってください」

なるほど、スパイとしての実力は十分ということか。

「報酬はなにが欲しいんだ？」
「このまま、この城で雇っていただければ十分です」
「なぜだ？」
「私はザウスタウン孤児院に救われました。あそこがなければ今頃は病気で死んでいたでしょう。孤児院のおかげで私は生きていられるのです。だから、ザウス様に仕えて恩返しがしたいのです」

一見すると整合性はとれているな。しかし、この卓越した洞察力は怪しい。人間側からのスパイという可能性も考えられる。
俺はメエエルを近くに呼んだ。スターサに聞こえないように小さな声で喋《しゃべ》る。

「彼女の経歴……。信用はできるのか？」

「裏は取れております。頭がよく、まっすぐな子です。ご安心を」

メエエルがいうなら問題はないか？　にしても、俺に向けられる視線が熱すぎて気味が悪いな。

「報酬はなにがいい？」

「必要ありません！　雇っていただくだけで十分な報酬なのです！」

「…………」

俺が訝《いぶか》しげな顔をしていると、メエエルは小さくうなずいて【大丈夫です】とサインを送っていた。

凄《すさ》まじく気にはなるが、根拠がないからな。とりあえずメエエルを信じようか。

「よし。採用してやろう」

スターサは飛び跳ねて手を叩いた。

「あは！　ありがとうございます!!」

うん。子供っぽい仕草は安心するな。

そんなわけで、俺はスターサを雇うことにした。

ハジメ村への潜入は、彼女のアイデアで家族連れで行くことになる。ザウスタウンの領民で彼女が選んだ男女を仮の両親に見立てて家族とした。孤児だけだと村の中で目立つので、家族連れで村に入れば怪しまれないということだ。

スターサが優秀すぎる……。

それにしてもわからん。なんで、俺に尽くすんだ？

～～スターサｓｉｄｅ～～

私は孤児だった。

国境に存在する小さな村の出身。

そこは国同士の戦禍に巻き込まれて滅んだ。

村人は子供だけを逃がしてくれたが、子供だけで生きられるわけもなく。
飢えと病気に苦しむ毎日だった。
私の目は病《やま》いに侵され、腫れあがった瞼《まぶた》は上がることがなかった。
このまま失明してしまうかもしれない。
日々、暗くなっていく視界に恐怖を感じた。
絶望とはこのことだろう。
しかし、泣く余裕すらない。
食べ物を探さなければならない。孤児の中には私より年下の子が大勢いるんだ。
そんな時、モンスターの群れに捕まった。
奴隷を集めているんだろうか。
ぼんやりと見える視界に、モンスターを束ねるリーダーが見えた。
それは真っ黒い馬に乗っていて、額の一本角。青い肌……。

魔公爵だった。
彼は見窄《みすぼ》らしい私を見て部下に指示を出した。
信じられない言葉が聞こえる。

「手当てしてやれ」

耳を疑った。私を治療するというあり得ない言葉。
お金のない私の治療なんて誰もしてくれなかったのに。
私は、彼の指示でモンスターから治療を受けた。
回復魔法と高価な回復薬を惜しげもなく使う。
目の腫れは瞬く間に引き、私の視界は明るくなった。
魔公爵が私の病気を治してくれたのだ。
感謝してもしきれない。
お礼を伝える間もなく、私たち孤児は馬車に揺られて、ある街に連れていかれた。
そこは、見たこともない美しい街並みだった。

「ザウス様のご命令ゴブ。おまえたちはここで領民として暮らすんだゴブ」

ゴブリンの言葉から、あの魔公爵がザウスということを知った。

(ザウス……ザウス様。うん、なんてかっこいい名前なんだ)

私がゴブリンに連れられてきたのはザウス様が作った孤児院だった。
ザウスタウン孤児院。

美味しい食事と衛生的な生活空間。そして、完璧な教育。

しかも、遊ぶ時間まで与えられて……。

ここは天国なの？

私を含め孤児たちは心も体も元気になった。


ザウス様はたまに視察に来られた。

みんなでおやつを食べている時、私は病気を治してもらったお礼を伝えた。

すると、ザウス様はパンケーキを頬張りながら、とても悪い顔でニヤリと笑った。

「俺は支配者だぞ。病気を治すのは当然だ。なにせ、おまえたちが大人になれば、俺のためにビシバシ働いてもらうのだからな。覚悟しておけ。これは将来に対する投資にすぎん」


驚いた。

ザウス様は支配者だから当たり前という。大人になったらビシバシ働いて返せばいいと。

でもそもそも、この街でビシバシ働かされている大人など見たことがない。みんな楽しく快適に暮らしているのだ。

つまり、これは私たちにいらぬ気を使わせないようにというザウス様の配慮。

この方は本当に心の根の優しいお方だ。
気がつけば、ザウス様のことで頭がいっぱいだった。

〝ああザウス様。大好きです〟

この人のために働きたい。私の生涯をかけて恩返しがしたい。
孤児院には子供が大勢いるので、私は印象に残っていないと思うけど。
名前を覚えてもらえるくらいには役に立ちたい。

〝だから、スパイになった〟

ザウス様を困らせる存在は絶対に許さない。
あの方は正義。
ザウス様の敵は悪だ！
たとえ人間だろうとなんだろうと。
ザウス様のために必ず役に立ってみせる。

＊　＊　＊

ハジメ村は人口三百人の小さな村だった。
その中に彼がいた。

十一歳の少年セア。
彼こそが、四年後に勇者に認定される存在。
ザウス様の敵だ。

セアは十一歳とは思えないほど、鍛えられていた。
筋肉隆々ね。
彼の師匠もすさまじい筋肉。
女だけど、大きいわ。
セアは彼女の指示通りの修行を熟していた。

「師匠。今日はこの岩を破壊するんですね」

彼は自分の背丈と同じくらいの岩に拳をぶつけた。

バゴォオオオオン！

たった一撃で真っ二つ。
すさまじいパワーだわ。

「どうです？　僕にかかればこんなもんです。力がたぎってしかたありません。もう最強かもしれませんよ。人間を脅かす魔公爵を早くぶっ倒したいですね。どうせ雑魚だろうし」
「まだまだだね。あたいよりも貧弱な筋肉のくせに生言ってんじゃないわよ！　腕立て伏せ二千回追加だ！」
「ひぃぃぃぃぃ!!」

ザウス様を雑魚ですって!?　絶対に許せないわ!!
大至急、私はこのことをザウス様に伝えた。

〜〜ザウスｓｉｄｅ〜〜

「なに!? 筋肉モリモリだと!?」

「はい。すさまじい上腕二頭筋でございます」


やはり、未来が変わりつつあるようだな。

セアに聞いたこともない師匠がついている。

筋肉モリモリになっているのは想定外だった。

もしかしたらアルジェナが師匠になるよりレベルが上がっているかもしれない。

セアが独自の成長をするのなら、俺も自軍を鍛えるまでだ。

四年後に控える勇者認定式まではこちらに攻めて来ないだろうが、式の前には祠に入っていたようだしな。どこまで本来のシナリオが信用できるかわからなくなってきている。

自軍の強化と並行して、勇者の弱体化は必須だろう。

シナリオ上のアイテムや武器の配置は覚えている。

四年後までに全て奪う。

奴に強い武器を与えなければ十分に優位に立てるはずだ。


「私はセアを許せません！　ザウス様を冒瀆《ぼうとく》する発言をしているのです！　奴のレベルを調査したところ、僧侶の発言でレベル30ということが発覚しました。明らかにザウス様の方が上です！　今なら余裕で勝てる力量ですよ！」

「気持ちはわかるが、落ち着けスターサ。勇者を侮ってはいけない。俺の父は、もっとレベルの低い時のセアに倒されたんだからな。覚醒した勇者の力は強大なんだ」

敵の力量を甘く見積もって、こちらが倒されたのでは無意味だ。

スターサはセアのステータスを見ていない。あくまでも周囲の情報収集の結果だ。

彼女の洞察力のすごさを疑うわけではないが、誤情報である可能性を視野に入れるべきだろう。

慎重に……石橋を叩くように慎重に。

自軍を鍛えて、敵は弱体化させる。

徹底的にだ。

第十四話　二年が経過

セアは十二歳になっていた。

体の筋肉は肥大し、レベルは50に到達している。

大岩を持ち上げてスクワットを千回こなしたところで彼はニンマリと笑った。

(この強さならば、無限ダンジョンレベル2は余裕で探索できるだろう。たぎるぜ)

レベル1の無限ダンジョンはとっくに攻略している。

そこではアイテムを手にいれることはできなかったが、次のダンジョンならと、希望を見出《みいだ》していたのだ。


「じゃあ、師匠行ってきます」

「あたいもついていってやろうか?」

「いえ。それじゃあ、修行になりませんよ。それに、この筋肉ですからね。モンスターは雑魚です」

と、サイドチェストのポーズをとる。

それを見たゲバルゴンザは満足げに笑う。

「ふっ。いい筋肉だ。板についてるじゃないか」

「ははは。鍛えられましたからね」

と、今度はダブルバイセップス。

両腕を上げて曲げることで、上腕二頭筋がしっかりと強調される。

「やれやれ。まだまだ甘ちゃんの筋肉だけどねぇ」

と、師匠はモスト・マスキュラー。

すかさずセアはアドミナブル・アンド・サイで応えた。

二人の筋肉は輝いている。

「では、行ってまいります」

彼は肉体の強化には自信があった。

あとは装備だけ。

勇者には強い武器が必須。そんな思いで彼は無限ダンジョンレベル2に入った。
そこにはレベル1と同様に百八個の宝物があって、中には貴重なアイテムが眠っている。
入るやいなや、彼に向かってモンスターが襲ってきた。

「ふん！　雑魚が!!」

と、腕力で一掃する。
この鍛え上げられた体にはレベル40未満のモンスターは雑魚である。
そして、一つ目の宝箱へと到達した。

「ふは！　見つけたぞ」

彼はワクワクしながら宝箱の蓋を開けた。
しかし、

「ない!!　空っぽだ!!」

全身から嫌な汗が流れ出た。

あの時の悪夢が蘇ってくる。

「……いや、待てよ。一個目は空で二個目からはあるというパターンも考えられるか」

しかし、そんな淡い期待も裏切られる。

「クソ！　二個目の宝箱も空だ!!」

ドロっとした汗が更に噴き出た。

「クソがぁあああ!!」

そのあとも同じだった。

三個目、四個目、五個……。

「ぜ、全部空っぽだと……。どうなっているんだ！　なんでダンジョン内にアイテムが存在してないんだぁ!?」

地面をガンガンと叩く。

「どういうことなんだぁ!?　なぜなんだぁーー!?」

こんな恐ろしいダンジョンに入る人間はいないはず。
どれだけ考えても答えが出ないセアであった。

〜〜ザウスｓｉｄｅ〜〜

メエエルが賞状とトロフィーを持ってきた。

「今月はゴブ太郎がザウスポイントの最高獲得者です」
「うむ」

無限ダンジョンは、先日レベル3を攻略したところだ。
次はレベル4に突入させる。
この調子でアイテムを奪えば、主人公にアイテムが渡ることはないだろう。
さらに、スパイの活動も徹底させよう。

「一般の民家から薬草を盗むのですか？」

と、スターサは俺の話にピンとこないのか、頭を傾げて目を瞬かせている。

「盗むというのは聞こえが悪い。こっそり買い付けるんだ」

そういって金貨を渡した。

俺は村の地図を見せながら説明する。

「ここと、ここと、ここ。ハジメ村には三つの薬草が民家の壺《つぼ》に入っている」

初めて獲《と》ったアイテムの場所だからな。よく覚えているよ。

壺に向かってボタンを押すだけ。それだけでアイテムがあれば獲ってくれるのだ。

だから、民家に入っては壺に向かってボタンを連打したっけ。

「民家の壺に薬草が入っているから、金貨を置いてその薬草をこっそり買ってきて欲しい」

「薬草で金貨は高くないですか？」

「まぁ、黙って買うからな。その辺はサービス料だ」

「えーーと……。その家主から直接買ってはいけないのですか？」

「それだと補充される可能性があるからな。壺を空にするのが目的なのさ。それも秘密裏にな」

「なるほど……。しかし、金貨に変わるなら補充したくなる村人も現れそうです」

「対策は考えている。これは金貨に添える置き手紙だ」


【口外禁止。金貨にて買い取り。補充したら祟《たた》りあり】これなら補充の問題は解決だろう。


「流石はザウス様です！」

「こんなことはハジメ村に自由に入れるスターサにしか頼めないのだが……できそうか？」

「で、できます！　こっそり薬草を買うくらい余裕です！」

「うむ。助かるよ」

「あはぁあ!!　ザウス様のためならなんだってやります!!　なんでもおっしゃってください！」

「よし。薬草をとってきたら褒美をやろう。なにがいい？」

「え？　あ、あのぉ……」


と、スターサは体をくねらせはじめた。

この反応はモンスターと同じだな。

「もしかして……。頭をなでなでか？」

「は、はい……」

そういって全身を赤らめる。

こんなことが褒美になるんだから安上がりな部下たちだな。

「わかった。これだな」

俺が空でなでなでする素振りを見せると、スターサは瞳を輝かせた。

「あは！　全身全霊をかけてがんばりますね！　行ってまいります!!」

よし。

この調子で勇者が一切アイテムを取得できないようにしてやろう。

第十五話　勇者は民家の壺を調べる

ハジメ村では奇妙な流通が始まっていた。

それは籠に入った野菜で、とても新鮮で美味しいという。

籠も一緒に販売されており、上質で低価格ということでとても注目されていた。


ある日、村人が広場に集まって盛り上がっていた。

「見てくれよ。この野菜！　行商人から買い付けたんだが、甘くて美味いんだ。なんでも魔公爵領で獲れたものらしい。野菜を入れてる籠もさ。高品質で安いんだ」


そこに通りかかったのはセアだった。

彼は野菜の出どころを聞いて顔をしかめた。


「魔公爵領の野菜だと？　ゴォザックは僕が殺したはずだが？」

「魔公爵は息子が跡目を継いだらしいですよ」

「なんだと!?」

セアは野菜と籠を払い飛ばした。

「こんな物、村に入れるんじゃない!!」

騒然とする広場。

彼に逆らえば暴力を振るわれてしまう。肥大化したセアの筋肉は周囲にさらなる恐怖を植え付けていた。

村人たちは、セアを刺激しないようにと恐る恐る飛ばされた野菜を拾う。

「貴様らには人間としてのプライドはないのか!? 魔族の物を、よくも持ち込めたもんだな」

「魔公爵ザウスは奴隷狩りをしていません。改心したって噂ですよ」

「ふざけるな! 魔族は悪だ! そんなこともわからないのか! このバカが!」

村人の言葉に、セアの怒りがさらに膨張する。

(どうせ、奴隷をこき使って作物を作っているに決まっている。魔族は悪の権化だ。そんなこともわからないとは、間抜けどもが! もっと良識をたぎらせろ!)

セアはイライラしながらその場を去った。

（ザウスといったか……。魔公爵が善行をするわけがない。あの野菜は罠《わな》だ。僕たちを信用をさせて油断させる作戦に決まっている。魔族が考えそうなことだ。懐柔されるものか。早くぶっ殺してやりたいが、関所を通って魔公爵領に行くには【勇者の証】が必要だ。今は動けない）

彼は悔しさのあまり、そばにあった木に拳を叩きつける。それはあまりの衝撃で、決して小さくはない木が簡単に折れてしまった。

（三年後には国王様から勇者の認定式が行われる。それまでに、もっと強くならないと。せめて、なにかアイテムがあれば……）

と、セアが目を細めた瞬間。

民家の入り口の上に【！】マークが浮いているのが見えた。それは薄く、透き通っている。目を凝らさないとわからないほどの表記。

「まさか……。村にもあったのか！【神の導き】！」

セアはワクワクした。

（感じる……。すごく感じるぞ。あの民家の壺が怪しい。なにかアイテムが入っているに違いない！　たぎるぜ！）

彼はその民家に押し入った。

「セ、セアじゃないか。急になんだ!?　ここはおまえの家じゃないぞ」
「僕は勇者になる人間だからね。【神の導き】を感じた時は強引にでも入っていいのさ」
「そ、そんなことが許されるのか？」
「許されるに決まっている。僕は勇者の血を引いているんだからな。それより敬語を使えよな。生意気な態度だと、悪とみなして排除するぞ」
「ひぃいいい！　す、すいませんでした。セアさん」
「じゃあ、あの壺が怪しいから調べてやる」

しかし、中は空っぽだった。

「ない！　なにも入ってないぞ!?」

「ああ、そこにはセアさんが勇者様になった時に捧げるつもりだった薬草が入っていたんですけどね。いつの間にか金貨に変わっていたんですよ」

「そんなバカな!?　誰が獲ったんだ!?」

「知りませんよ。セアさんじゃないんですか？」

「僕は……知らない」


どういうことなんだ？


「薬草が欲しいなら、差し上げますよ。はい、どうぞ」

「ふざけるな!!　僕は壺に入った薬草が欲しいんだ!!　壺に入った薬草じゃないとダメなんだ!!」

「や、薬草は薬草ですよ？」

「クソが！」

（このバカはなにもわかっていない。僕は選ばれた勇者なんだ。【神の導き】によって動いているんだよ。私利私欲でやっているわけじゃない）


セアは村人の襟首を掴んだ。

「ひぃいい!!　お助けぇ!!」

「舐めるんじゃないぞ。僕は勇者であって、盗賊じゃないんだからな！　家に入り込んで薬草を奪いに来たんじゃないんだ。あくまでも、壺の中の薬草をゲットしに来たんだよぉ！」

「で、でもぉ。薬草は薬草ですよ……」


（バカが！　壺の中にあることこそが【神の導き】なんだ。ただの薬草じゃあ意味がない。そもそも薬草なんて道具屋で買えば手に入るアイテムなんだからな。それになにより、住民から薬草を奪ったんじゃ勇者の名折れなんだよ！）

「ち！　役立たずの雑魚がぁ！」

そういって、住民を投げ飛ばした。


「おまえら雑魚は勇者にアイテムを与えるのが存在理由だろうが！」

「で、ですから薬草はお渡ししますって……」

「壺に入っているのが重要なんだろがぁあ!!　そんなこともわからんのかぁーーッ!!」

「ひぃいいい！　まったくわかりません!!」

「クソ雑魚が！」

（話にならん！　こうなったら他をあたろう）

セアは【神の導き】が見える別の民家に向かった。

（この家のタンスが怪しいぞ。胸騒ぎが止まらない。神がタンスを探れと訴えかけているようだ。きっと、なにか強力なアイテムが入っているのだろう）

「きゃああ！　セアさん。急に入ってきてどうしたんですか!?」

「ここのタンスにアイテムが入っているだろう。それを取りに来たんだ」

セアはタンスを調べる。

「ない！　アイテムが入ってないぞ!?」

「ああ。そこには力の種が入っていましたけどね。いつの間にか金貨に変わっていたんですよ」

（ここもか!?）

「力の種ならまだ手元にありますよ。お渡ししましょうか？」

「舐めるんじゃない！　僕は勇者になる男なんだ！　神の導きで動いているんだぞ。アイテム欲しさに物乞いに来たんじゃないんだ!!」

「し、しかし、力の種は同じですよ？　ただタンスに入ってないってだけで……」

「タンスに入っているのが重要なんだよぉお!!　クソがぁ!!」

「だ、だったら入っていた金貨を差し上げます！」

「バカにするなぁ!!　僕は正義だ！　強盗じゃないッ!!」


彼は家主の女をビンタでぶっ飛ばした。

（どいつもこいつも無能がぁ!!）


「貴様らのセキュリティの甘さが家宅侵入を許して、こんな結果になってんだよぉ！　全部、おまえたちの責任だぁ!!　おまえらが悪い!!　この無能がぁああ!!　ぶっ殺すぞクソがぁ!!」

「ひぃい！　で、でもぉおお、金貨に変わっているので盗まれたわけじゃないですぅう！」


（ぬぐぅうッ！）

「く、く、口答えすんなクソがぁあ!!」

「ひぃいい!!」

(クソクソクソがぁ!!　どうしてアイテムが手に入らないんだよぉ!!　僕は勇者になる男なんだぞぉお!!)


〜〜スターサside〜〜


「クソがぁ!!　この民家にもアイテムがなあぁあい!!　どうしてアイテムがないんだぁあ!!」

ぷふーー!　いい気味ー!!

これも全てザウス様の指示通りね。でもまさか、このためだったなんて……。流石はザウス様だわ。

「むきぃいいい!　ここの家の壺にもアイテムが入ってなぁあいっ!!」

ふふ。上手くいったわ。無抵抗の女の人を殴るなんて最低よ。本当に良い気味だわ。

「クソ。ない！　ここの民家にもない!!　壺もタンスも、どこにもアイテムが入ってぬぁい!!」

それにしても、あんなやつが勇者になるなんて嘘みたいね。
まわりに迷惑しかかけてないじゃない。
これならザウス様の方が百万倍、いいえ千万倍勇者様だわ。
もっともっとがんばって、あいつにアイテムが渡らないようにしてやろう。
あんな邪悪な勇者は絶対に強くしちゃダメだ。
ザウス様のためにも、全身全霊でアイテムを奪ってやるわ。

第十六話　勇者は武器をプレゼントされるが……

アイテムのある民家をすべて回ったあいつは、ひどく落ち込んでいた。

普段から横柄な態度だからいい気味よね。

うん？　あれは……あいつの師匠のゲバルゴンザ？　どうやら勇者を遠巻きに見ていたようね。

彼女はUターンして、工房に入って行く。

一体、なにをしているのかしら？


「フフフ。可愛い弟子のためだ」

カン！　カン！　カン!!


熱した鉄を火造《ひづく》り槌《つち》が打つ音が聞こえる。

さては、あいつにプレゼントする大剣を作っているのね。

このままでは彼に武器が渡ってしまうわ。

考えた私は、一通の手紙を出すことにした。

匿名の、セア様宛の手紙。

あいつはポストからそれを取り出して読み始めた。

『拝啓、セア様。いつも特訓している姿はとても格好いいです』

女を匂わせる内容に、彼はニヤリと笑う。

「僕のファンかな？　フフ。まぁ、当然か。僕は勇者になる男だからね」

手紙はこう続く。


——やはり、勇者になる男は違いますね。

ところで、その強さは本物なのでしょうか？

王都でも女の子の間で噂になっていますよ。

まさか、誰かから強力な武器を与えられて強くなったのではないでしょうね？

そうなったら幻滅しますよ。

心の底から軽蔑します。

だって、あなたは勇者になる男なんですからね。

そんな者が、誰かから強力な武器を与えられて強くなっているなんてことがあったら、クソ雑魚認定は確定でしょう。

クズの中のクズ。クズ・オブ・ザ・クズ勇者ですよ。

そんなことがわかれば王都中に言いふらすつもりです。みんなであなたを笑い者にすることでしょう。

……まぁ、そんなことにはならないとは思いますが。

だって、あなたは勇者になる男なのですから。


あいつは手紙をしっかりと読み終えたようで小刻みに震えていた。

「な、な、なんだこの手紙は!?　バカにしやがって！　僕を見くびるなよ！　僕は勇者になる男だ！　誰かから強力な武器をもらったりはしない!!」

＊　＊　＊

そうして一週間後。

あいつはいつものように筋トレに勤《いそ》しんでいた。

「筋肉！　筋肉!!　腕立て伏せ一万回の次はスクワット三万回だぁああ!!」

と、そこへ、あいつの師匠ゲバルゴンザが現れた。

彼女の顔は慈愛に満ちた母のような優しい顔だった。

「フフフ。セア。いいものをやろう。たぎるよ？」

「なんですか師匠？」

「ジャーーン！　これだぁ!!」

「た、大剣!?」

「あたいが、あんたのために作ったのさ。プレゼントしてやるよ」

「み、見くびらないでください！　僕は自分の装備くらい自分で手に入れてみせます！」

「そうはいっても無限ダンジョンも民家の壺にもアイテムはなかったんだろ？」

「そ、それはそうですが……」

「だったら師匠からプレゼントしてやるさ。この大剣で強い勇者になればいい」

「……うう。ゴクリ」

遠目で見ているだけでも、大剣の素晴らしさはわかる。

私にはステータスが見えないけれど、きっと、強力な武器なんだろう。

彼は喉から手が出るほどに欲しいはずだ。

でも、

「い、いりません!!　僕には必要のない物だ!!」

「あのなぁ……。女が男にプレゼントしてんだぞ。とりあえず受け取るのが礼儀だろうが」

「いえ、受け取れません！　僕は勇者になる男なんだ!!」

「だからぁ！　この大剣でだなぁ!!　立派な勇者になればいいだろうがぁ!!」

「いらないったらいらないいんだよ！　このゴリラ女がぁ!!」


そういって大剣を払いのけた。

「なんですってぇ!!　このクソガキがぁ!!」


二人の実力差は明白だった。

いくら鍛えているからといっても、師匠のゲバルゴンザには手も足も出ない。

彼は体を固定されて、尻をバシバシと叩かれることになった。

「女にゴリラなんていう男は最低なんだよぉ!!　教育的指導ぉ!!」

「あぎゃあああ!!」

ふふふ。

上手くいったわ。

この調子で、武器とアイテムが彼に渡らないようにしようっと。


〜〜ザウスｓｉｄｅ〜〜


セアの弱体化は順調だ。

スターサのおかげで彼には一切の武器が渡らないようになっている。

さて、ここで問題になってくるのが武器屋だな。

店に陳列される武器だけはどうしようもない。

もしも、セアが金をためて店に買い物に行った場合は、強力な武器を手に入れてしまう可能性があるのだ。

「買い占めができれば、奴が購入することもできないのだがなぁ……」

ブレクエの武器屋は、全部で百軒以上ある。その内、中ボスまでに入れる店は五軒だが、随時補充されることを考えると、武器を買い占める金額が追いつかないだろう。

なにかいい方策はないかと思案していると、メエエルが今月分の財務報告にやってきた。

「衣料品関係。特に魔公爵領で収穫できる作物の売り上げは右肩上がりですね」

うむ。

モンスターたちの仕事は丁寧だからな。良質で美味しい野菜を作ってくれているよ。

そういえば、農業まわりの事業拡大で貿易を始めたんだったな。

「隣接する人間の国にも売ってるんだよな？」

「ザウスタウンの領民が行商人に扮《ふん》して商売をしているようですね」

「その売り上げはどうなっている？」

「貿易は順調でございます。商品が良質すぎてもっと欲しいという声があとを立ちません」

黒字の金額はすさまじいものになっていた。

「さすがはザウス様でございます。ザウス様の魔公爵領は益々《ますます》発展することでしょう！」

余った金は部下の強化に使いたい。良質な武具を揃えれば更なる強化に繋がるだろう。

となれば、武具を武器屋から購入することになるが……。

「あ、そうか！　この金で、セアが行ける範囲の武器屋の武具を買い占めればいいんだ！」

領内の黒字は右肩上がりに伸びている。

その分を武器の買い占めに使えば、セアが武器を買えないようにできるし、その武器でモンスターたちを強化できる。

加えて、武器の買い占めは剣の限定でいい。

勇者が装備できるのは剣だけだ。種類を剣に限定するだけで買い占めは徹底されるだろう。

余剰があれば防具を買い占めてやってもいい。

ふふ、いいぞ。強力な武器を買い占めてやる。

～セアside～

ハジメ村のはずれ。

「なに!?　修行をストップして働きたいだって？」

ゲバルゴンザは目を丸くする。

「どうしてもお金が必要なんです」

「そんなことより、体を鍛えて強くなることの方が重要だろ？」

「もう、十分に鍛えていますよ！　それより武器が欲しいんだ！」

「だったら、あたいが作った大剣があるじゃないか」

「も、貰《もら》い物《もの》はダメですよ。そこいらの雑魚い村男なら大喜びするかもしれませんがね。僕は勇者になる男なんですよ。貰い物を自分の装備にすることはできません」

「真面目だねぇ……」

「当然です。僕は勇者になる男なんです。正義の象徴なんですから！」

「プライドが高いねぇ。まだ、十二歳の子供なのにさ。まぁ、嫌いじゃないけどね」

セアは王都の中を颯爽《さっそう》と歩く自分の姿を想像した。

彼を見つめるのは目がハートになっている女性ばかりである。

『きゃあセア様、素敵ぃ！』

『セア様カッコイイ！』

『私、セア様のお嫁さんになりたい！』

気がつけば口角がぐいっと上がっていた。

(目の前にいるゴリラ女とは早々に別れたいもんだな。美少女に囲まれるのが勇者に相応しい)

「剣といえば竜砂鉄の剣だけどさ。子供には高すぎるわね」

ゲバルゴンザの言葉に、セアは武器屋で見つけた立派な剣のことを思い返していた。

それは持ち手が竜の顔を模した装飾で、ロントメルダを代表する剣だった。

店主はいう。


『それは、竜砂鉄の剣だ。王都の剣士なら誰もが憧れる武器だな』

『い、いくらですか?』

『三百六十コズン。城兵の給料二ヶ月分だな』


セアの中で思考が繋がった。

三年後の勇者認定式の日に竜砂鉄の剣を装備すれば、周囲から尊敬の眼差しで見られる。

国王をはじめ王都のすべての人は彼に一目置くだろう。

（絶対に手に入れてやるぞ。なんとしても三百六十コズンを貯《た》め込んで、竜砂鉄の剣を買ってやるんだ！　たぎるぜ！）

こうして、セアのコズン稼ぎが始まった。

朝早くに起床して、その日は暗くなるまで働く。村に存在するありとあらゆる仕事を熟していくのだった。

第十七話　買い占め

俺はロントメルダ領の武器を買い占めることにした。

その為《ため》には武器屋と交渉し、納得させる必要がある。

俺はつけ髭《ひげ》をして謎の武器商人に変装した。

話言葉は片言である。


「ワタシ。武器商人。チン・ピンイン。いうあるね」


この名前は、多分、中国語で『珍しい武器』という意味になっているはずだ。

丸いサングラスで目元を、頭の角はターバンで覆えば、大まかな変装はできるだろう。

一番の問題は青い肌だが、メエエルに頼んでファンデーションを塗ってもらうことで解決した。

メエエルはやたらとテンションが高かったが、なんだったのだろうか。

怪しい武器商人の隣りには美女がつきものだ。お供にはメエエルを選んだ。おそらく選ばなくてもついてきただろうが……。

彼女には露出度の高いチャイナ服を着てもらった。スリットから見える太ももには目のやり場に困ってしまうがな。なかなかに似合っていてセクシーである。

全体的に中華風になってしまったが、俺の武器商人はこのイメージなんだ。


そんなわけで、俺は武器屋の店主を国境に呼んだ。

そこはロントメルダ領の最南端で、モンスターの侵入を防ぐ魔法壁の外側に位置する場所だった。

俺が領土内に侵入すると、魔法壁が反応するからな。

できる限り外側になるのは当然である。


武器屋の店主はツルギ村の鍛冶職人経由で呼び出してもらった。

呼び出した理由は、ある貴族が秘密裏に武器を買いたがっている、ということにした。懇意にしているツルギ村の鍛冶職人からということもあり、武器屋の店主も怪しんでいる様子はない。

ここは臨時で作った掘っ立て小屋だ。持ってきた竜砂鉄の剣を四本、テーブルに並べて、武器屋の店主が切り出した。


「こんな場所で武器の交渉とは、チンさんは一体何者なのです？」

「ただの貿易商ある。依頼あった貴族、検閲を嫌ってる。買い手に負担のかかる関税は不本意のことたよ。なので、こんな場所に来ていただいたあるね」

俺はテーブルの剣を持った。

間違いない。

店主の店で一番高価な剣、【竜砂鉄の剣】だ。

他にも木工の剣。土銅の剣。砂銀の剣と並ぶ。


「店主。この剣の出来は素晴らしいある。全部買わしていただきたいある」

「おお！　それは嬉しいですな。では、何本必要なのでしょうか？」

「全部ある」

「全部といいますと？」

「店に置いてある剣と、今後作る剣を全部ある」

「えええええ!?　では専属契約ですか!?」

「まぁ、そういうことあるな」

「うは！　それはありがたい！　うちの売り上げが安定しますよ！」

「では、買値の交渉あるね」

「大量契約ですからね。安くするのは当然でしょう。店舗価格は、竜砂鉄なら三百六十コズンなのですが……。例えばですが三百五十とかでどうでしょうか？」

「四百コズンでお願いしたいある」

「え!?　よ、四百コズンですか!?」

「全ての剣を相場より高値で買うある」

「そ、それはありがたいですが……しかし、そんなことをしてあなたに得があるのでしょうか？」

「ワタシ、店主の剣を独占したいあるね。だから、高値で買うよ。でも、その見返りで他には絶対に売らないで欲しいある」

「なるほど。高値で買い取る代わりに条件があるというわけですね」


確かに、違反した場合のペナルティも必要か。

美味しい話ばかりだと怪しまれるからな。

この辺は適当でいいか。


「契約は今から三年間ある。それまではワタシが竜砂鉄の剣を独占したいある。その間は誰にも売ってはいけないあるね。たとえ、たった一人であろうとよ。一本でも売ったことが発覚すれば契約違反ね。もちろん、店内の陳列も御法度よ。もしも、違反が発覚した場合は契約はなかったことにさせていただくある。そして、店主から武器を買うことは一生涯しないね。ワタシ、約束を破る人間とはビジネスはしないと決めてるある。これワタシの商売の信念」

「い、違反なんてそんな！　こんな美味しい話は他にありません。絶対に他の者には売りませんよ」

「誠実が一番ある」

「では、契約は成立ということで」

店主はウキウキしながら帰って行った。

「これで店が改築できるぞーー！」と歓喜の声が聞こえてくる。

店に利益があるとわかれば、話は通しやすい。

この調子で、ほかの武器屋とも交渉を行い、無事、セアが入ることができる五店の武器屋との買い占め契約が成立した。

これで、勇者が装備できる剣が全て買えなくなるだろう。

このことに眉をひそめたのはメエエルだった。

「五軒からの買い占めです。初月は店の在庫も含めるので竜砂鉄の剣だけでも百本も納品されることになりますよ。装備できるのはゴブリンだけですから、年内で城の武器庫が剣でいっぱいになってしまいます」

「それについては、ちゃんと考えがあるんだ」

元々はモンスターの強化も兼ねて購入を検討していたのだがな。勇者の装備に合うモンスターがそれほどいなかった。これでは毎月の買い占めとなると持て余してしまう。

四百コズンの剣を百本。

月にすると四万コズンの出費になる。なにもしなければ単なる支出だ。

実は、これを収入に変える方法がある。

ブレクエでは同じ武器を二本までしか持てないという制約があった。序盤のモンスターは滅多に金貨を落とさないから、金のやりくりは死活問題だ。

そんな中での主な金策はアイテムの売買である。

このゲームでは、各国でアイテムの売却価格が異なっている。

ユーザーの救済も兼ねているのだろうが、ほとんどのアイテムが購入国の外では高値で売れる設定となっている。

また、特定のアイテムが特に高値で売れる国もあって、すごい所だと倍以上の値段で売却できてしまうのだ。

この竜砂鉄の剣も例外ではない。


「次はヤマミツ王国に交渉しよう」

「国境を三つ越えた王国ですね。そんな所の剣を買うのですか？」

「いや。今度は売るのさ」

「売る？」


この国が竜砂鉄の剣を一番高く買ってくれる。

もちろん、セアは中ボスである俺を倒さないと行けない場所だ。

＊　＊　＊

再び国境付近。

ヤマミツ王国の武器屋は竜砂鉄の剣の専属販売契約に心を躍らせているようだ。

「貴重な竜砂鉄ですからな。一本、一千コズンでどうでしょうか？」

「い、い、一千コズン!?」


と、大きな声を張り上げたのはメエエルである。

まぁ、無理もないか。四百コズンで買った剣だからな。


「では専属契約ということで八百コズンで買っていただくある」

「は、八百!?　そんなに安くしてもよろしいのでしょうか？」

「ビジネスにお得感は大事あるね」

「ふは！　チンさんはなんて商売上手なんだ！　今後ともご贔屓《ひいき》によろしくお願いしますよ」

四百コズンで買って八百コズンで売る。しかも、百本。

実質四万コズンの黒字だ。


こうして、俺は武器屋の剣を買い占めて、他の国に転売することにした。

初月の剣が順調にいったので、翌月には防具も買い占めて転売を始める。

結果、毎月の売り上げは十万コズンを超えることとなった。


「あは！　すごいです!!　ザウス様にこんな商才がおありだったとは！　魔公爵城は益々、発展しますよ!!」


メエエルは報告書を見て満面の笑みを見せる。

普段はお淑やかな彼女でも、潤いまくっている財政にはテンションが上がっている。瞳の中にドルマークが見えるようだよ。

正直、ここまで上手くいくとは思わなかったな。

これなら他の武器も買い取って転売すれば相当な儲《もう》けになるだろう。

勇者の弱体化と財政の強化。

まさに一石二鳥だ。


しかし、目立つのは困る。

転売の情報が勇者にバレれば他の対策を打たれる可能性もあるからな。

あくまでも、買い占めは勇者専用の武器だけ。それを極秘裏に。さりげなくやるのが重要だ。

と、そんなことを考えているとメエエルが頬を赤らめて尋ねてきた。


「ザウス様……。もしかして、チャイナ服……お好きなのですか？」

「え？　な、なんでそんなことを聞くんだ？」

「……チラチラと見ておられたので」

「ははは……」


バレていたか。

露出度が高めで、なんかエロかったからな……。


「時々、着ますね」

「あ、ああ。なんかありがとう」

「いえ……」


といって、彼女は赤らめた顔をうつむかせた。

メエエルはお淑やかで可愛いな。

一石三鳥か……。


などと思っていたら、次の日。

アルジェナがチャイナ服を着ていた。

なぜだ？


胸元はパッカリ空いて、太もものスリットはサックリと入っている。

これはエロい。

思わず、見入ってしまう。

彼女は俺の視線を感じると、全身を真っ赤にしてこちらの様子をチラチラと窺《うかが》っていた。


「へ、変かな？」

「いや……。変ではないが……」

「そう。……な、なら、良かったけど」


でも、なぜアルジェナがチャイナ服を着ているのだ？

そんなイベントはブレクエでもなかったのに……。

理由を聞いたら怒るだろうか？

「あの……」

「なによ？　やっぱり変？」

彼女は自己肯定感がおそろしく低い。

美少女なのにそれを理解していないのだ。

余計な質問は彼女の気を損ねる気がするな。

ただでさえ、俺は魔族という理由で嫌われているのだ、質問はやめておこう。

むしろ、これを機に俺の印象をよくする方が得策か……。土壇場で裏切られたら厄介だしな。

たしか、ブレクエの恋愛イベントでは、新しい服を着たアルジェナを褒めてあげると喜ぶはず。

「その服。似合ってるよ」

そういうと、彼女は更に全身を赤くした。

「バ、バカ！」

そういって去っていった。

可愛すぎる……。
なんか知らんが、今回の買い占めは一石四鳥だったかもしれない。

～～セアｓｉｄｅ～～

ザウスが買い占めを始めて数ヶ月経った。

セアは働きに働いていた。
勇者というプライドを捨てて、仕事の鬼と化す。
毎日、朝から晩まで。野良仕事に配達、掃除洗濯、薬草採取等等。
やれることはなんでもやった。手に血豆ができることだってあった。
それもこれも、全てはあの剣を買うためである。

一年が過ぎた頃……。

「た、貯まったぞ。さ、三百六十コズン」

セアは三十六枚の金貨が入った小袋を握りしめていた。

（十三歳のこの僕が、三百六十コズンも貯めてやったぞぉ!!　これで竜砂鉄の剣が買えるぅ!!）


彼は鼻息を荒くしながら王都の武器屋に向かった。

一年かかった金策の時間が、鼻息の荒さとなって如実に現れていた。


「ムフゥ!!　たぎるぜぇえーーッ!!」

王都に入ると女の子たちとすれちがう。


「ひぃい！」

「こっわ！」

「目がバッキバキじゃない」

「完全にいってるわね」

「あの子、変な薬でもやってるのかしら？」

「ママ。あの人、体から湯気が出てるよ。なんで？」

「指差しちゃいけません！」

普段の彼ならば鬼の形相で憤怒《ふんぬ》したであろう。

しかし、今日は許せるだけの心の余裕がある。

(バカ女どもが。好き勝手ほざいていろ。あの剣さえ手に入れれば僕の魅力は増しまくるのだ!)

剣を装備した自分の姿を想像すると、笑わずにはいられない。

(ククク。僕は生まれ変わる……。竜砂鉄の剣を装備して、女の子にはモテモテの勇者にな! そして、雑魚モンスターを駆逐してやるのさ。最近、噂になっている魔公爵ザウスだってそうだ。所詮はカス魔族。生まれ変わった僕にとっては雑魚モンスターにすぎん。僕がぶっ倒してやるよぉ。今から買う竜砂鉄の剣でなぁ!! たぎるぜッ!!)

セアが武器屋に入ると、店主が気軽に声をかけた。

「いらっしゃい」

(ククク……)

「いらっしゃいましたぁーーッ!!」

彼は、店主のいるカウンターに金貨が入った小袋を勢いよく置いた。

ドォン!!

「三百六十コズンだぁあああッ!!」

それはもう、すさまじいほどのドヤ顔であった。

第十八話　勇者、剣を買う

武器屋の店主はセアのテンションに驚きながらも、慣れた対応をする。

「なんだか、えらく興奮しているなぁ。よほど欲しい武器があるようだね」

「ふふふ。当然ですよ。これが興奮せずにいられますかって」

「ははは。まぁ、欲しい武器が買える時は心が弾むもんだよな。で、なにがお望みなんだ？」

「この袋には三百六十コズン入っています。あの剣と同じ値段だ。くくく。僕はしっかりとリサーチしているんですよ」

「ほぉ……。三百六十コズン……。そうなると魔鉱石のハンマーかな？　それとも飛龍の鎖鎌？」

「やれやれ。僕は勇者になる男なんです。だから、装備は剣しかできません。今日は剣を買いに来たんですよ」

「そうか剣か……。しかしそうなると、該当する武器がなぁ……」

「んもぉ〜〜。察しが悪いなぁ。三百六十コズンの剣といったら一つしかないでしょう！　全ての剣士が憧れる、心がたぎりまくる、あの剣ですよぉ！」

「あ、うん……。それは……そうなんだが……」

セアはワクワクが止まらなかった。

まるで、欲しかったゲーム機を買ってもらえる子供のような無邪気な笑顔を見せる。


「さぁ！　売ってください!!　竜砂鉄の剣を!!」

「悪いが在庫がないんだよ」

「えええええええええええ!?」


体がくずれる。

嫌な汗がどっと吹き出た。


「い、いつ入荷なんですか？」

「えーーと、三年後かな」

「はぁ!?　ふざけんじゃねぇぇぞクソがぁ!!」

「おいおい、口が悪いな」

「うるさい！　僕は必死に一年間働いて金を貯めたんだ!!　修行だって中止したんだぞぉおおお!!

全部、竜砂鉄の剣を買うためだったんだからなぁ!!」

「そういわれてもねぇ」

「一本くらい在庫があるだろうがぁ!!」

カウンターの裏を覗《のぞ》くセア。そこには梱包《こんぽう》中の剣があった。

「あ！　竜砂鉄の剣だ！　あるじゃないか!!　売ってくれ!!」

「いや。あれはダメだよ。お客さんに送る品だからね」


セアの眉間には深いシワができた。


「そもそも、どうして三年後まで買えないんだよぉ!?」

「お得意さまと専属契約をしてしまってね。その人が買い占めてしまったんだよ」

「誰だ！　その不届き者はぁ!?」

「顧客情報は言えないんだよ」

「ふざけんなぁーーッ!!」


彼の体は無意識に動く。

その手は店主の首を絞めていた。


「ひぃッ!!」

「クソがぁ!!　ぶっ殺すぞゴラァ!!　言えぇーー！　誰に売ったぁーーッ!?」

「チ、チン・ピンインという武器商人だ」

（チィイ！　聞いたこともない奴だ。雑魚い名前しやがってぇ）

「どこにいるんだ⁉　言え！」

「て、手紙でやり取りしているんだ。ツルギ村の鍛冶職人経由だから住居はわからん」

「だったら手紙で許可を取れ！　竜砂鉄の剣を一本、僕に売るように許可を取るんだ」

「わ、わかった……。手紙のやり取りには二週間かかるから、また来てくれ」

（くぅ！　仕方ない）

「ちゃんと交渉はしろよな！　手を抜いたらぶっ殺すぞ！」

セアは仕方なくハジメ村に帰って行った。

＊　＊　＊

二週間後。

「ど、どうだった!?　許可はもらえたのか!?」

「ダメだった……」

「なにぃいいい!!　ふざけんなぁ!!　ちゃんと交渉したのかぁーーッ!?」

そういって、店主の襟首を締め上げるセア。

「こ、交渉はしたよぉ!　これが返事の手紙さ。剣は売れませんと書いているだろう」

店主のいうとおりだった。

手紙には丁寧な断りの文言が書かれていた。

「クソがぁあああ!!」

セアは膝から崩れ落ちた。

なにせ、修行を止めてまで金策をしたのである。その悔しさはひとしおであった。

「し、仕方ない。こうなったら、不本意だがサービスしてやるよ」

「サービスだと?」

「魔鋼《まはがね》の剣を三百六十コズンで売ってやるよ。特別だぞ」

「な、なんだその剣……。見たこともない代物だぞ？」

「実は最近とても繁盛していてね。ロントメルダ領では作れない剣の輸入を始めたんだよ」


セアはその剣の出来栄えに目を奪われた。

剣のステータス画面を見て目を開く。


「これは……。竜砂鉄の剣より強ぃ」

「へぇ。武器の良さがわかるんだな。まぁ、いわゆる上位武器だな。だから値段も高い」

「なに⁉　それはたぎるぜ！」

「本当は千コズンするんだがな。それを三百六十コズンに負けてやるよ」

「なぜ安く売る？」

「い、いちいち首を絞められたんじゃ、たまったもんじゃないよ。この剣を売ってやるから帰ってくれ」

「ふざけるなぁーーッ‼」

「ひぃいいい‼」

「それじゃあ、僕がおまえを脅したみたいになっているじゃないか！」

「いや……。実質、そんなもんだろ」

「舐めるんじゃないぞ!!」

セアは、店主の首を片手で摑み上げた。

「僕は勇者になる男なんだ！　店主を脅して、武器を安く手に入れたりなんかしない!!」
「あぐぐぐ。た、助けてくれ」
「僕は正義の象徴だ。侮辱をするとぶち殺すぞ！　わかったか!?」
「は、はひぃ」

セアは深刻な表情を見せた。

(こうなったら金を貯めるしかない)

「か、買ってやるよ。千コズンがあれば買えるんだな？」
「そ、そりゃあ、まぁ、そうだが……」
「か、必ず買ってやる！　僕は勇者になる男なんだ。見くびるんじゃないぞ！」

セアは汗を垂らした。収入のことを考えると楽な結論にはならないのである。

(千コズンも貯めるとなると、二年はかかりそうだな。勇者認定式と被《かぶ》るが致し方ないか。魔鋼《まはがね》の剣は絶対に欲しい。今よりもっと仕事の量を増やして、なんとしても千コズンを貯めてやるぞ!)

～～ザウスｓｉｄｅ～～


武器の貿易は順調だった。

竜砂鉄の剣を四百コズンで買って八百コズンで売る。

このルートを確立したことで、毎月の差額が俺たちの収益になっている。

メエルは満面の笑みを見せた。


「儲かって仕方ありませんね」

「もうちょっと範囲を広げるか」

「と、いいますと?」

「武器屋から聞いたんだ。竜砂鉄の剣に固執する少年の話をな」

「勇者セアですね」

「ああ、店主は約束どおり売らなかった。それで、魔鋼《まはがね》の剣を売る提案をしたそうだ」

「……おかしいですね?　その剣は領土外の武器のはずです」

「俺の買い占めで、だいぶ利益が出たから新しい輸入経路を開拓したそうだ」

スターサの報告では、セアは千コズンを貯め始めているらしい。

千コズンの武器か……。


「資金はあるか？」

「十二分に」

「よし。魔鋼《まはがね》の剣も買い占めよう」


武器は渡さない。

徹底的に弱体化させてやる。

第十九話　四年目突入。アルジェナの気持ち

あたしが魔公爵城に来て、早いものでもう四年が経つ。

部下モンスターの指南役としてスカウトされたわけだけれど、もうすっかり魔公爵の仲間になってしまった。

先代の魔公爵は人間の敵だったけれど、ザウスにはそんな感じはまったくしない。

彼が支配するザウスタウンは天国のような街だ。孤児院の充実はさることながら、病院、市場、各種店舗。それぞれが驚くほど発展している。

それもこれも、彼の政策が住民視点の優しいものになっているからだ。彼の思慮深い思考にはどんな王族も貴族も敵わないだろう。

彼は本当にすごい存在だと思う。

ザウスタウンは周辺国からの移民を多く受け入れていた。よって、前魔公爵ゴォザックがやっていたような奴隷狩りはしなくても年々人口を増加させている。孤児院なんか別館ができるほどだ。

たった四年で目まぐるしく発展していた。

城内を起点に魔公爵ギルドや武器の貿易が盛んで、城の大きさは、あたしが来た時よりも倍以上

に拡大していた。

ザウスタウンからは、城の侍女になりたい希望者が後を断たない。

あまりにも多いので、メエエルが厳しい面接をして、若くて可愛い女の子ばかりを採用している。

彼女は可愛い女の子が好きらしい。男のザウスよりメエエルの方が嬉しそうだ。

そして、彼女は新しく雇用をした女の子たちに添い寝係の説明をする。

侍女になった女の子は全員もれなく希望して、ノートに名前を記入していたらしい。

今や、そのノートは十冊目に突入していた。


もちろん、あたしは書いていない。

でも……。

彼は添い寝係を利用しているのだろうか？

べ、別に気になっているわけではないけど……。

彼は魔公爵だ。第二夫人だって作るだろう。

だから全然。

そう、本当に全く。

あのノートのことなんかどうでもいいのだ。

メエエルはあたしの部屋でお茶をしていた。

焼きたてのクッキーを食べながらお話するのはいつもの日課になっている。

「ねぇメエエル。あなたとはずいぶんと仲がよくなったわよね」

「ええ。私もお友達ができて嬉しいです」

「えーーと。あたしが十九歳だから、あなたは……」

「二十一歳ですね」

「ああ、もうそんな歳《とし》か……。そろそろ結婚とか考えないの？」

「あるわけないじゃないですか」

「好きな人とかいるの？」

「………………」


彼女は黙った。これをいうと本当に真っ赤になっちゃうのよね。


「え、えーーと。話の流れで聞くんだけどさ。あのノートって使っているのかな？　べ、別に興味があるってわけじゃないんだけどね！」

「……添い寝ノートのことでしょうか？」

「あ、うん。そういうのあったわよね？」

「ええ。もう十冊目が終わろうとしております」

これは単なる何気ない会話。


「……つ、使ってるの？」

「……知りたいですか？」

「べ、別に……」

「…………」


短いようで長い沈黙。

しばらくして、メエルはため息とともに言った。


「使っておりません」

「そ、そうなんだ。あはは」


汗がどっと噴き出したような気がした。

なぜかはわからないけれど、安心している自分がいる。


「あら？　なんだか、心底ホッとした顔をされていますね」

「べ、べ、別にぃ！　な、なぁあんとも思っていないわよ」

「そうですか。それならいいのですが……。今は大事な時。このノートを使うとしても来年以降ですよ」

そういえば、あたしの契約は五年だったな。来年でその年になる。ザウスは強敵に備えるっていっていたけどさ。

ら、来年か……。

「ねぇ。一体、来年にはなにがあるの？」

「以前より私は、ザウス様から、あなたへの説明の判断を一任されていました。もうそろそろ、あなたに詳細を打ち明けてもよろしいでしょう」

なんだか緊張するわね。魔公爵が戦う敵の存在。

「来年になると勇者がこの城に来るのです」

ああ、やっぱりだ。

薄々は感じていた。

魔公爵の敵。やはり、それは勇者……。

「勇者はザウス様の命を狙っているのです」

当然か。

勇者は人間の味方。そして、魔公爵は人間の敵……。

でもさ。


「ザウスは人間の味方なんじゃないの？　ザウスタウンは平和だしさ」

「私もそう思います」

「だったら、王都ロントメルダに平和交渉を持ちかけたらどうかしら？」

「私の方からもザウス様には、そのことを進言させていただきました。でも、内情はよくありませんよ」

「ああ。魔公爵にもプライドがあるのか……。やっぱり人間と仲良くするのは難しいのね」

「いえ。ザウス様は合理主義者です。というか、【戦いは負傷者が出て労働力の低減につながる、よって非効率だ】と仰《おっしゃ》られております。私の発案にも同意していただきましたよ」

「だったら平和条約を結べばいいじゃない。魔族と人間が仲良くなれば勇者だって殺しに来ないわよ」

「王都は奴隷の解放を要求してきたのです」

「あ、そっか。ザウスタウンの住民は、彼の父親、ゴォザックが奴隷狩りで集めてきた人たちだもんね。じゃあ、その交渉には応えたの？」

「はい。ザウス様はザウスタウンの町長に相談しました」

「だったら解決ね」

「それが……」


と顔を曇らせる。


「上手くいかなかったの？　住民たちは賛成でしょ？　いわば奴隷解放なんだからさ」

「はい？」

「町長がロントメルダ領に戻ることを拒否したのです」

「それが領民の総意なんだそうで。みなさん、ザウスタウンが大好きすぎて離れたくないそうなんです」

「ははは。まさかの展開だね」


でも、そりゃそうか。

ロントメルダ領に戻っても、年貢の取り立ては厳しくなって、生活場所は不衛生で子供の教育もままならない環境になる。明らかに故郷の方が劣悪な環境。みんなが帰りたくないのは当然か。

たとえ、支配者が魔族でも自分達の生活が潤うなら、そっちの方がいい。

「そんなことがあって、王都とは関係が拗《こじ》れてしまっているのです」

なるほど……。

じゃあ、結局、予定通りか。

来年には勇者がザウスを倒しに来る。

「アルジェナさんは勇者の味方をしますか？」

「まさか。あたしは困っている人の味方よ。この場合はザウスタウンの住民でしょ。あそこには孤児院もあるしね。ロントメルダの支配下になったら劣悪な環境になるのは目に見えているもの」

王都が孤児たちに公金を使ってくれるとは思えないしね。

「では、一緒に戦ってもらえますか？」

返答に困るな。

勇者がどんな人間かはわからない。

でも、少なくともザウスはいい奴だ。

「戦えるかはわからないな。あたしは人間だから……。でも、敵にはならないよ」

「あは！　その答えだけでも十分ですよ。ありがとうございますアルジェナさん！」

と、あたしの両手を取った。

彼女は年上だけど、少女みたいに純粋で可愛い笑顔を見せる時がある。

「それではこれ！」

と、添い寝ノートを出す。

「はい？」

「ふふふ。どうぞ記帳を」

「か、書かないってば」

「こういうことは、よくないのですが……」

と、古いノートを取り出した。

「これは一冊目です。この初めのページ。私の次の行に付箋が貼り付けてあるんです」

「そ、そ、それがなによ？」

「ですから、付箋を剝がしてここにアルジェナさんの名前を書けば、たちまち二番目に早替わり」

「か、書かないってば！」

「あなたの実績を考えれば城内の女は納得しますよ。そもそも、あなたは城内で好かれていますからね。これに文句をいう者など一人もおりません。むしろ妥当性の方が強い」

「書ーーかーーなーーいーー」

「いいのですか？　こんなことはあなただけですよ」

「怪しい勧誘はやめてよ！　書かないってば」

「……勇者の討伐を回避できれば、このノートは活用されるようですよ。タイムリミットはあと一年です」


ゴクリ……。


「あ、今、生唾を飲み込みましたね」

「な、なんのことよ！」

「どうしますか？　チャンスタイムですよ」

「な、なによそれ！　絶対に書かないわよ！」

か、書くもんですか！

そんなの書いたら、「好きです」って告白してるようなもんじゃない！

ザウスのことなんか別に好きじゃないわよ！

な、仲のいい友達なだけ!!　ぜ、絶対に書かないわ!!

第二十話　究極進化

勇者襲来まで残り一年になった。
俺を含め、部下たちは恐ろしく強くなっている。
アルジェナは勇者と同じ人間だが協力的だ。
俺はいつものように彼女と二人で訓練場にいた。
素振りが一区切りついたのか、アルジェナが尋ねてきた。

「ねぇザウス。勇者が一年後に襲ってくるのはどうしてわかっているの？」

この質問に答えるのには思い惑ってしまう。
俺が転生者で、この世界がゲーム世界だなんてことは言えない。
適当に誤魔化しておこうか。

「予言があってね。その予言では、俺が勇者に倒されることになっている」
「え!?　ヤバイじゃん」

と、アルジェナは目を見開いて驚いている。

「予言では、俺が倒されるレベルは66だった。今のレベルは230だ。しかも、最強の武器、デーモンソードを持っている。予言の状況とはかなり変わってきているんだ」

「城内じゃザウスより強いモンスターはいないし。この界隈《かいわい》じゃあ最強だもんね。それだけ強くなったら安心だね」

「…………」

問題は勇者の状況も変わってきていることだ。

俺は、師匠になる予定だったアルジェナを奪った。そして、ダンジョンやフィールドのアイテムも入手できなくした。

しかし、セアは別の師匠の弟子になり筋肉隆々になってしまった。

今は武器を買うために働いているようだが……。

懸念要素は大いにある。

勇者だけが持つ主人公補正。

体力が瀕死《ひんし》になった時、高確率で発生する【勇者の一撃】。

その名もブレイブクリティカル。

これが発生すると、通常攻撃の倍以上の威力が出る。

滅多に出ることはないが、最大威力の五倍クリティカルが出れば相当なダメージを受けるだろう。

まず間違いなく、俺の父、魔公爵ゴォザックはこの【勇者の一撃《ブレイブクリティカル》】によって倒されてしまったのだ。

だから、絶対に拮抗《きっこう》してはいけない。

油断なんてもってのほかだ……。

一撃で決まるくらいの大差がつくのが理想。


「浮かない顔だね」

「……いや。そういうわけじゃないが」

「ごめんね。あたしのレベルは１２０。もう、レベル２３０のザウスに稽古をつけれる技量じゃないんだよね」

「アルジェナには十分、貢献してもらったからな。そうだ。少し早いが村に帰るか？」

「えええ!?」

「契約では来年までだったが、おまえのおかげで俺は強くなれたよ。ボーナスは弾むからさ。故郷でゆっくり休んでくれていい」

「そ、そんなわけにはいかないわよ。ザウスが困ってるのにさ。あたしだけ帰れないって！」


俺が困ってる？

「どういう意味だ？」

「べ、べ、別に深い意味なんてないけどさ。ご、誤解しないでよね！　友達が困ってるのを見過ごせないってこと！　そ、それにあなたが倒されちゃったら、誰がザウスタウンを統治するのよ！」

「そんなのは、人間側の王族か貴族が面倒をみてだなぁ」

「そんなことできるわけないでしょ！　人間の支配者はあなたみたいに優しくないんだからね」

「いや……。別に優しくしてるつもりは微塵《みじん》もないが」

「呆れた……。あなたって本当にお人好《ひとよ》しね。……まぁ、そういうところが好きなん――」

「え？」

「な、な、なんでもないわよ！　バカ！」


なんか怒られた。


「と、とにかく、ザウスタウンにはあなたが必要なの！　絶対に勇者なんかに負けないでよね！」

「ああ。善処する」

「あたしもできる限り協力するからね。一緒に頑張ろうよ」

「助かる。ありがとな」

「べ、べ、別にあんたのためじゃないっての！　ザウスタウンのためなんだからね」

「そか」

「そ、そうよ！　勘違いしないでよね！　ふん！」

彼女といると心が和むな。

「そういえばさ。モンスターを訓練していて気がついんたんだけどね。最近、ちょっとおかしいのよね」

「なにがだ？」

「ゴブ太郎とかハピ江ちゃんがさ。うっすら光っているように見えるのよ。他にも何体か似たような状態になっているモンスターがいるわ」

「へぇ」

俺は、休暇日で休んでいたゴブ太郎を呼んだ。

「なにかご用ですかゴブ？」

ふむ。

身長は１２０センチ前後。

その見た目はゲームに出てくるゴブリンそのものだ。

ステータス画面の種族欄にも【ゴブリン】と表示されているが……確かにうっすら光っているな。

「体に変わったことはないか？」

「レベルが上がらなくなったゴブ。ザウス様のためにもっと強くなりたいんでゴブが。辛《つら》いゴブ」

ほぉ。

強さはどうなっているのだろう？

「レベル150か。なかなかに成長しているな」

すると、画面の中には見たこともない表示があった。

『【究極進化】　支配者の権限により解放』

なんだこの表示？　俺に押してほしそうに点滅してアピールしてるな。押してみるか。

【究極進化させますか？　はい・いいえ】

え？　もしかして……。

俺は【はい】を選択してみた。

瞬間。ゴブ太郎は光を発しだす。

「ゴブ!?　なんだこれゴブ!?」

目の前に立っていたゴブ太郎が強烈な光に包まれる。

やがて、光が治まると、身長１６０センチくらいのゴブリンが顔を出した。

「あれ？　オイラ、どうしちゃったゴブ!?」

声はゴブ太郎のままだ。

「おまえ……成長したのか？」

ステータスを確認すると、種族が【究極《アルティメット》ゴブリン】に変更されていた。

こいつはエンドコンテンツの無限ダンジョンに出てくる強敵だよ。

レベルが――

「250だと⁉　一気に100も膨れ上がってるぞ！」

「うは！　オイラ、強くなったゴブか⁉」


「どうやらそのようだな」


通常のゴブリンはレベル150がカンストなのかもしれない。

進化できるとは意外だったな。支配者の認証による進化。こりゃあ、ゲームの考察勢に激震が走りますな。


「アルジェナ。他にも光ってるやつがいるんだよな？」

「ええ。何体かいたわね」

「全員をここに連れてきてくれ」

「わかったわ。光ってる子たちを進化させるのね！」


いい流れだ。

俺は集まった部下モンスターを片っ端から究極進化をさせていった。

眼前に並ぶのはレベル250のモンスターたち。

「うむ」


壮観だ。

勇者の襲来まで残り一年。

俺よりもレベルの高いモンスターたちが誕生したぞ。

ちょうどいい。強くなりすぎて城内では稽古の相手がいなかったからな。


「ゴブ太郎」

「はいゴブ」

「俺と戦闘訓練をしよう。思いっきり攻撃してきてくれ」

「……オ、オイラのレベルはザウス様を超えてしまったゴブ。思いっきりやったら怪我しちゃうゴブよ」

「手加減していては訓練にならない。怪我は回復魔法で治せばいいからな。思いっきりくるんだ」

「わ、わかったゴブ。ご命令とあらば思いっきりやっちゃうゴブ」


ゴブ太郎は棍棒を振り下ろした。

ブォオオオオオオン!!

速い！　目で見えないぞ。

とても防御魔法を使う余裕がない。

さすがはレベル２５０だ。

「あ、当たっちゃうゴブゥ!!　顔面直撃ゴブゥーーッ!!」

と、叫ぶやいなや、その棍棒は俺の顔面のわずか数センチのところで止まった。


ガンッ!!


「え!?　な、なにが起こったゴブ？」

「……俺にもわからん」

ゴブ太郎は何回も俺に棍棒を当てようとした。

ガンガンガン!!

……まったく痛《いた》くも痒《かゆ》くもないな。そもそも棍棒が俺に届いていないから、当然と言えば当然だが。

「見えない壁に弾《はじ》かれるゴブよ。攻撃が当たらないゴブ」

……あ、そうか。俺は中ボスだから……。

「支配者権限だ。ゴブ太郎は俺と奴隷契約を結んでいるから、その権限が発動して攻撃が当たらないんだよ」

「あ、本当だゴブ。右手の甲にある【奴隷紋】が光っているゴブ」

このゲームは、上位魔族が下位魔族と奴隷契約をすることになっている。俺だって魔王からの【奴隷紋】があるからな。

この紋がある限り主人には攻撃が当たらないのだ。

「これならゴブ太郎は安心して攻撃できるな」

「ふおおおお！　流石はザウス様ゴブ!!　最強ゴブ!!」

「よぉし。そうとわかれば思いっきり来い！」

「やるゴブ!!」

そうだ。

「ハピ江。オーク蔵。リザ丸も一緒に来い！　みんなで俺に攻撃するんだ。戦闘訓練の開始だ！」

訓練場の中にガンガンというとんでもなく大きな音が響き渡る。城の外まで聞こえてそうな勢いだ。その時、休憩のためにお茶を運んできていたメエエルの声が聞こえた。

「まるで世界の終末のようですね」

残り一年。

限界まで強くなってやるさ。

第二十一話　勇者は魔鋼の剣を買いに行く

セアがお金を貯め始めてから一年と半年が経とうとしていた。

修行と金策を兼ねるため、馬や農機具といったものは使わない。

荷物は走って持ち運び、田畑は素手で耕す。

その甲斐《かい》あって、彼の体はかなりマッチョになっていた。

「ふふふ。見よ。この究極のボディ。美しき上腕二頭筋」

と、鏡を見ながらうっとりする。

テーブルの上の小袋に目をやると笑いが止まらない。

「くははは！　ついに！　千コズンを貯めてやったぞ！　たぎるぜ！」

これで魔鋼《まはがね》の剣が買える。

セアは自分の勇姿を想像してニンマリと笑った。

（この美しい筋肉質の体に魔鋼《まはがね》の剣が加われば、その勇姿は歴史に名前を刻むことになるだろう。）

彼は十四歳になり、背も百六十センチまで伸びていた。

（ククク。魔鋼《まはがね》の剣を購入すれば、王都の娘たちは僕に見惚《みと》れて顔を真っ赤に染めるだろう）

彼は王都ロントメルダの武器屋に行った。

店構えに違和感を覚える。

「な、なんか改装されてんな？」

店は全体的に大きくなって綺麗になっていた。

どうやら、かなり繁盛しているようだ。

「店主！　久しぶりだな」

「お、おまえは……ハジメ村のセア。すごい筋肉だな」

「ククク。まぁね」

「今日はなにを買いに来たんだ？　残念だが、まだ、竜砂鉄の剣は売れないぞ」

「ふん！　そんな雑魚い剣に興味はないのさ」

「竜砂鉄の剣は子供の憧れなんだがな」

「そんなゴミクズに興味はないんだよ。あるのは僕に似合った、たぎる剣なのさ」

「というと？」

「魔鋼《まはがね》の剣に決まっているだろうが！」

「いや……。し、しかしだな。あの剣は……。あの時、安く売るといったのに断ったのはおまえの方じゃないか！」

「僕を舐めるんじゃあないよ。お情けのセール品なんて買うもんか。僕は勇者になる男だぞ。たとえ、どんな高価な金額だろうと定価で買ってみせるのさ」

「ま、まさか……。おまえみたいな子供が大金を用意できたのか？」

「僕を舐めるんじゃない!!」


と、カウンターに金貨が入った小袋を置いた。


「こ、これは!?」

「千コズンある」

「なに!?　こんな大金どうやって!?」

「働いて貯めたのさ」

「なにぃーーッ!?」

「ククク。まぁ、余裕だったよ。なにせ、僕は勇者になる男だからね」

すかさず、上腕二頭筋をアピールする。

「ま、まさか、本当に金を持ってくるとは……」

「ククク。僕は有言実行する男なのさ。さぁ、売ってくれ。魔鋼《まはがね》の剣を!」

「じ、実はな……」

と店主は眉を寄せた。

その雰囲気に嫌な予感が走る。

(こ、この感じ……。前にも感じたことがあるぞ? ま、まさか……)

「魔鋼《まはがね》の剣は売れないことになっているんだ」

「なにぃいいいいいいいいい!?」

セアは全身の毛が逆立つほどに驚いた。毛穴からは嫌な汗が噴き出る。

「まさか……。ま、また、買い占めか!?」

「う、うむ……。こちらも商売だからな」

「ふざけるなぁあ!!　誰が買い占めたんだぁああ!!」

「……チ、チンさんだよ。武器商人のチン・ピンインさんだ」


頭に血が昇る。

こめかみをピクピクさせて怒鳴っていた。


「クソがぁッ!!　買い占めなんかやりやがってぇ!!　他の人が買えないだろうがぁ！　人としてのモラルはないのかモラルはぁあああ!!」

気がつけば周囲に人がいないことを確認していた。と同時に、体が勝手に動いて、彼の手は店主の首を絞めていた。


「んぐぐ……。そ、そう怒るなよ。武器は他にもあるんだ。飛龍の鎖鎌は強力な武器だぞ？」

「僕は剣しか装備できないんだよぉーーッ!!」

「そ、そうだったな……。しかし剣か……」

「他にないのか？　強くて格好いい。心が熱くたぎる剣は？」

「あ、あいにく、うちの店にある剣は全部、チンさんが買い込んでしまったんだ」

「チィイイイイン!!　このクソ野郎がぁッ!!」


首締めが強まる。

店主のタップにセアは力を緩めた。


「ゲホッゲホッ……で、でも一本だけ売れる剣があるかもしれないな」

「なに!?　どんな剣なんだ!?」

「世界でたった一本しか存在しない【ユニークソード】だ」

「にゃにぃ!?　そんなたぎりそうな剣があるのか!!　早く見せろ!!」

「うむ。倉庫にあるから持ってこよう」


すると、店内が悪臭に包まれた。

「臭ッ!」

(なんだこの臭いは!?)

店主は長い木箱を持ってきた。

鼻を摘みながら箱を開けると、モァアッと強い臭いが立ち込める。

それは酸味のある悪臭だった。

箱の中にはいびつな形をした剣が入っていた。


「この剣は、魔神の吐いたゲロを固めて作ったと言われているんだ。そのせいでめちゃくちゃ臭い。その名も魔神ゲロソード」

「はぁあ？」

「伝説の刀鍛冶師が仲間内でやった遊びの罰ゲームで作らされた剣らしい。装備すると不思議な力で外せなくなるんだ」

「ふざけんな！　全然たぎらない！　呪いの武器じゃないか!!」

「この剣を装備した冒険者は攻撃力が十分の一になる。加えて、ギルドでは出禁登録されている武器なんだ。伝説のユニーク武器だからな。千コズンでいいぞ」

「いるかぁああああああ!!」


セアはその剣を放り投げた。

それは窓ガラスを蹴破って遠くの空に飛んでいった。

「ああ！　チンさんでも買わなかった珍しい剣が！」

「ふざけるなぁ!!　武器商人も買わない武器を僕に勧めるなぁああ！　他にないのかぁーーッ!?」

「ない」

「ぬああああああああああああああ!!」


セアは床を叩いた。

ドシンドシンと地震が起こる。

見かねた店主は小袋を取り出した。

「飴《あめ》ちゃんをあげるから帰ってくれ」

「子供扱いすんなぁああ!!　舐めんなぁ!!」

「蜂蜜ミルク味の飴ちゃんだから美味いぞ」

「クソがぁあ!!」


セアは飴の入った小袋を握りしめて店を出た。

帰路の途中。怒りのあまり小袋ごと飴を握りつぶそうとするが、ふと我に返る。

「クソ……。食べ物は粗末にできない。そんなことをすれば勇者の名折れだ」

誰もいない川原に行くと日が落ち始めていた。

カラスの鳴き声が哀愁を誘う。

セアは夕日を見ながら三角座り。

小袋から飴を一個取り出して口の中に入れた。


「甘い……」


その味に頬が緩む。締め付けられていた心が少しだけ軽くなった。

(ミルクと蜂蜜の芳醇《ほうじゅん》な香り。クリーミィな味わいに濃厚な蜂蜜の甘味が口いっぱいに広がる……。こんな飴を無料でもらえたんだからな。ちょっとだけラッキーか。ふふふ)

「じゃねぇえええええええええええええええ!!」

セアは周囲の木々を素手で薙《な》ぎ倒《たお》した。

「ふざけんなぁあ!!　クソがぁ!!　僕は勇者になる男だぞぉおおおお!!　飴ちゃんをもらって喜んでいる場合じゃねぇい!!」

再び地面をドシンドシンと叩く。それは、欲しいゲーム機が買えなかった子供のように。

「なんで剣が手に入らないんだよぉ!!　なんでだぁあああーーッ!?」

第二十二話　勇者認定式

魔公爵ゴォザックの襲来より五年が経過した。

少年は勇者の血に目覚め、王都での勇者認定式を迎えていた。

セア。十五歳。

身長は１７０センチに到達。ずいぶんと大きくなった。


結局、彼は強力な武器はおろか、まともに使える武器を何一つ手に入れられていない。

無限ダンジョンの宝箱は全部空。民家の壺にもアイテムは入っておらず、武器屋は売り切れ。

どうしてこんなことになったのだ？

これも勇者になる試練だったのだろうか？


などと思いながらも、祭壇の前で頭を下げた。

「大勇神ブレイゼニスの加護のもと。ここにいるセア・ウザインに勇者の称号を授ける」

神官の言葉でセアは光に包まれた。

そして、右手の甲に紋章が浮かび上がる。

たまらずセアに笑みがこぼれる。

(やった！　ついに来た)

「それは勇者の証。その紋章があれば、どんな国にも入ることができるであろう。そなたに神のご加護があらんことを」

王の間。

国王はみんなの前で宣言した。

「セア・ウザインを第百八代目の勇者と認める」

(たぎるぅうーーーーーーーーーー!!)

小さくガッツポーズ。拳にはおのずと力が入る。

彼は次の展開を知っていた。

（グフフ。冒険の旅立ちは、装備品と薬草、支度金の百コズンがもらえることになっているんだ。歴代の勇者はもらってきたんだからなぁあ！）

ニヤニヤが止まらない。


「ふふふ」

「どうしたのだ？」

「え？」

「勇者の認定式はこれにて終了だ」

「あ、あのぅ……」

「な、なんだ？」

「いや……。ははは」

「認定式は終わった。魔公爵ザウスを倒す旅に出るがよい。囚《とら》われの身となった奴隷たちを解放するのだ。ロントメルダに平和を取り戻してくれ」

「あ、はい。それはわかっているんですが……。そのぉ」


と、両手の平を差し出した。

「旅にはそれなりの準備が必要でしてね……。ははは」

「な、な、なんのことだ？」

「ははは。知らないはずはないでしょう。歴代の勇者はもらっていると聞いておりますよ」

「も、も、もしかして、装備品や支度金のことか!?」

「はい。ふふふ。薬草ももらえると聞いていますよ」

「う、うむぅ……」

「ふふふ」

「それがなぁ」


と、国王は内情を語り始めた。


「えええええ!?　城内の経済が困窮してるですってぇ!?」

「うむぅ。とてもいいにくいのだがなぁ。そなたに渡せる金がないのだよ」

「か、金は最悪かまいません。で、でも、装備品くらいもらえるんですよね？」

「うむぅ……」


国王は首を横に振った。

「や、薬草は……？」

「貴重な資源だ。城内では需要が高く枯渇しておる。そなたに渡せる物はない」

「じゃ、じゃあ……。な、な、なにも無いのですかぁ!?」

「そうなるな」

「えええええぇ!?　そんなぁ!!　手ぶらで旅立ちなんて、あり得ませんよぉーーッ!!」

「し、仕方がないであろう。魔公爵ザウスが奴隷の引き渡しに応えてくれんのだからな。そうなれば国内における労働力の低下は免れん。ロントメルダ領は深刻な税収不足なのだ」


セアは信じられない現実に視界がクラクラした。

頭に血が昇る。咄嗟《とっさ》に国王を襲いそうになるが、周囲の兵士の目を気にして体を止めた。


「おかしいじゃないですか！　五年前に僕が魔公爵ゴォザックを倒して、それ以来、奴隷狩りは行われていないと聞いていますよ！　つまり、五年間は平和だったはずだ！　その間に税収なんか回復しているでしょう!!」

「な、な、なにをいうんだ！　せ、政治のことも知らんくせに！」

「考えればわかります！　五年間はモンスターの襲撃はなかったはずだ！　それに、王都は潤っています！　城内だって立派だ！　ホラ！　あの兵士なんか竜砂鉄の剣を装備していますよ!!」

「あ、あ、あれは……その……。と、と、とにかく困窮しておるのだ!!」

「あ、あれ？　あ、あの兵士も、あの兵士も竜砂鉄の剣だ。あ！　あの兵士なんか魔鋼《まはがね》の剣を装備しているじゃないですか!!　部下に立派な装備をさせて僕に支度金を渡せないってどういうことですか!?」

「と、と、とにかく我が城は貧乏なのだ！　おまえに渡せる物はない!!」

「クソがぁあああ!!」

「なんだと!?　貴様、誰にものをいっているのだ!?」

「あ、いや……。こ、これは独り言です」

「口の利き方には気をつけろよ。私は国王なのだぞ」

「も、も、申し訳ありません」

「さぁ、もう行け。そなたには使命があるはずだ。魔公爵ザウスを倒して奴隷たちを解放するがよい。さすれば、それ相応の褒美を与えてしんぜよう」

「ううう……」

認定式を終えて、セアが城を出る頃には夕方になっていた。

カラスの鳴き声が悲しさを増長させた。

沈む夕日が目に染みる。

(信じられない……。なにもないだと……？　まさか、こんな惨めな旅立ちになるとは)

セアは武器屋からもらった飴ちゃんを口にいれた。
辛いことがあった時は、小袋から一個取り出して舐めることにしているのだ。
夕日に向かって小石を蹴った。

「クソ！　一体どうなってるんだよ！」

＊　＊　＊

三日前。

ロントメルダ領の騎士団長は国境付近に設けられた掘っ立て小屋の中にいた。
国境付近は、いつモンスターが攻めてくるかもわからないような場所であったが、小屋の中では不思議とそんな気配を微塵も感じなかった。

「なに!?　竜砂鉄の剣を売ってくれるだと!?」

と、騎士団長は目を見開く。

彼の前にいたのはチャイナ服に身を包んだ、丸縁メガネの男だった。

王都でも有名となっていた武器商人のチンである。


「五百コズンでいいあるね。ロントメルダとは仲良くしたいことたよ」

「ご、五百だと!? 刀身がボロボロの中古品ではあるまいな?」

「刃こぼれなんて一つもない新品あるよ」

「なにぃいいい!? あ、あの剣の値段は高騰しているんだぞ。国内の武器屋は在庫ゼロだ。いまや、中古品でも千コズン以上はするんだぞ。そんな貴重な剣をたった五百コズンで……。し、信じられん」

「ワタシ、貿易のために剣を買い込んだね。他国に売れば八百コズンで売れるあるよ」

「そんな貴重な剣をどうして格安で売ってくれるのだ?」

「仲良くしたいある」

「ふぅむ……。本当の目的をいえ。条件が良すぎるのは気味が悪い」

「実は、勇者になる少年に恨みがあるあるね」

「なんだと?」

「彼は武器屋の店主の首を絞めたり、貴重な剣を放り投げたり、好き放題やってるあるね。ワタシ、店主とは親しい仲ある。こんなことは許せないある」

「ふぅむ……。しかし、相手は勇者だしな」

「そのとおりある。店主が復讐《ふくしゅう》をすれば国内で揉《も》め事《ごと》が起こってしまうあるね。そもそも店主が復讐できるかも怪しいある。なにごとも穏便にするのが一番のことたよ」

「では、どうするのだ？」

「認定式の日にね――」


と、チンは条件を提示した。


「なるほど……。勇者に渡す、支度金と装備品を渡さないようにするのか」

「薬草もあるよ。一切のアイテムは渡さないで欲しいあるね。これがせめてもの復讐ある」

「うむ」


(勇者は国王が任命する貴重な人材だ。そんな存在を傷つけることは許されない……が)


「ささやかな復讐ある」

「……たしかにな。これくらいなら、勇者にも罰を与えられるし丁度いいか」

「そちらは武器が安く買えてお得ある。こちらは復讐ができて嬉しいね。ウィンウィンあるよ」

「よし、わかった。しかし、国王が納得するかだなぁ……」

「魔鋼《まはがね》の剣も安く売ってあげるある」

「なに!?　そんな貴重な剣まで!?　それなら、私がなんとか国王を説得してみせよう！」

「商談成立ね」

これが、セアが認定式で【勇者の証】以外を授かれなかった本当の事情であった。

第二十三話　勇者の旅立ち

勇者認定式があったその日、セアは河原で野営をしていた。

翌日の朝。

顔を洗おうとしてワンドの水を掬《すく》おうとすると、自分が水面に映っているのに気がついた。

(僕は勇者に認定された。武器を手にいれることはできなかったが、この肉体さえあれば問題はないだろう)

水面に向かってポーズをとる。

躍動する上腕二頭筋。輝く胸鎖乳突筋。

彼の筋肉は芸術の域に達していた。

(この筋肉さえあれば武器なんて必要ないさ。もう最強といっても過言ではないだろう。しかし、仲間は必要か)

候補は決まっていた。

思わず笑みがこぼれる。

（仲間は可愛い子限定だ。それが勇者にふさわしいのさ。たぎるぜ！）


セアは故郷であるハジメ村に帰ってきた。

村のみんなは生気のない顔で手を叩く。

その言葉には一切の抑揚がない。


「わーー。セア様が勇者になられた！　おめでとう」

「勇者セア様のご帰還だーー」

「セア様、勇者認定、おめでとうございます」


村のみんなは無表情であったが、彼は満足げだった。

（教育の成果だな。時には暴力も振るったが、厳しい叱咤は彼らを従順な村人に変えてくれたようだ。やはり、勇者は敬うのは雑魚としては当然の態度だろう）


セアは意気揚々と手を掲げる。

「君たちの平和は僕が守ってあげるからね！」

村人たちは引き攣《ひ》《つ》った笑顔で拍手をするだけだった。

（さて、雑魚を安心させたところで仲間だよ。美少女といえば彼女しかいない）

彼は幼馴染のミシリィを探した。

彼女もセアと同じ十五歳である。

体はずいぶんと成長していた。

王都でもこれほどの美少女はいないだろう。

回復魔法が使える僧侶なので、一人目の仲間とすればうってつけである。

彼はミシリィを見つけて声をかけようとした。

すると、彼女の手を引く村の男が一人。

「ゲヘへ。いいだろミシリィ。もういい年なんだからよ。一緒に酒を飲もうぜ」

「や、やめてよ！　離して!!」

セアは目を細めた。

(村の不良か。成人した彼女を酒に誘っているわけだな。強引すぎる。これは【悪】と認定してもいいだろう)

「おい。手を離せ。彼女は嫌がっている」

「ゲ！　セア！」

「セア様、だ。おまえみたいな雑魚が僕のことを呼び捨てにするんじゃない」

「チィッ！」

男は逃げようとした。

セアはすかさず男の首根っこを掴んだ。

「は、離せ！」

男が振《ふ》り解《ほど》こうとした瞬間。

セアの拳が男の頬にめり込んだ。

「ゲフゥ!!」

男が倒れたところに、間髪入れずに馬乗り。

そして、男の顔を何回も殴りつけた。

「悪いことをしたら謝罪が必要だよな。え？　おら。なんとかいえよ。おら。謝罪だよ」

「あぐ！　あぐぐ……」

不良の鼻は、鼻血を飛散させながらぐちゃぐちゃになっていく。

（これも彼が更生するためには必要不可欠なことだ。僕は思いやりの強い優しい人間だからね。たとえ、自分の拳が汚い血で汚れてもやらざるを得ない。これは正義の行いなんだ）

「やめて！　そこまでするなんて酷《ひど》いわ」

ミシリィの叫び声が聞こえたので、セアは殴るのをやめた。

「君は黙っていろよ。僕が君のことを助けたんだからさ」

「で、でも、ロジカルに考えても、そこまでやる必要はないじゃない」

「おいおい。誰に意見をしているんだい？　僕は勇者だよ？　悪を退治するのは僕の使命なのさ」

「も、もう十分でしょ！」


セアは鼻でため息をつく。

(まだ、ちょっと殴り足りないが仕方ないか。彼女の印象を悪くするのは僕の本意じゃない)


「おい。聞こえてるか？　謝罪しろ」

「しゅ、しゅみばしぇんでした……」

「ああ……。そんな寝ながらじゃあダメなんだ。土下座だよ。土下座」

「セア！　私はそんなの求めてないって！」

「うるさいな。君に対してじゃないさ」

「え？」

「土下座は僕に対してだよ。僕に迷惑をかけたんだからね。さぁ、やれ」


不良は額を地面につけた。

「す、すいませんでした」

「よし。じゃあ、村長のところに行こうか」

「へ？」

セアの言葉に、ミシリィは怪訝《けげん》な顔を見せる。

「な、なんでよ!?　もう謝ったじゃない！」

「こういう不良を野放しにしているのは監督者の責任さ。村長にも謝ってもらう」

彼は不良の首根っこを鷲掴《わしづか》みにして、引きずりながらも村長の家に行った。

「おお、これはセア様じゃないか。私の家になんの用事です？　壺の中のアイテムはありませんよ？」

セアは出迎えた村長をビンタした。

「ヘブゥウウウ！」

「あなたの教育が行き届いていないから。こういう不良が生まれるんです。そのビンタは監督不行き届きの代償だと思え」

「ひいぃいぃい!!」

村長にことの経緯を伝える。

「さぁ、土下座しろ。僕に迷惑をかけた償いをするんだ」

村長はしっかりと地面に正座した。

(ジジィでも教育は必要だろう)

彼は唇から血を流しながら額を床にくっつけた。

「も、申し訳ありませんでした」

「よし」

セアは村長と不良を並べて、二人の耳元で囁《ささや》く。

「僕の女に手を出したら、ただじゃおかないからな。次はぶっ殺す」

「「ひぃいいい！　す、すいませんでしたぁああ！」」


（よし。教育終了だ）


「じゃあ、ミシリィ行こうか」

「う、うん……。助けてくれて……ありがとうね。嬉しかった」

「あんなのは当然だよ。あ、そうそう。僕は勇者になったんだよ」

「おめでとう」

「ふふふ。一人目の仲間はミシリィって決まっていたからね」

「う、うん……」

「約束覚えている？」

「……お、覚えているわ」


ミシリィは全身を赤らめた。


「約束は絶対だよ？　約束を破る人間は【悪】だからね」

「う、うん」

「悪なら、たとえ、幼馴染でも優しくはないよ？」

「…………」

「約束だよ。ふふふ」

「う、うん……」


彼女との約束。

それは魔公爵ザウスを倒した暁には、ミシリィの処女をもらうというものだった。

（僕の童貞は君に捧げるよ。ありがたく思うんだね。その代わり、君の全てをもらう。僕は君のことが好きなのさ）


「ね、ねぇセア」

「なんだい？」

「ロジカルに考えたんだけどね……。本当に魔公爵ザウスは悪者なのかしら？」

「はぁ？　なにいってんだよ？」

「だって……。彼が魔公爵になってからこの国は平和だわ。奴隷狩りもなくなったし」

「おいおい。悪の擁護かよ。ザウスは魔公爵ゴォザックの息子だよ。悪に決まっているじゃないか」

「そ、そうなのかなぁ……？」

「モンスターを従えてさ。奴隷をこき使って私腹を肥やしているんだよ」

「…………」

「現に奴隷は解放されていないだろ？　ゴォザックが奪った奴隷たちは今も助けを求めているのさ」

「う、うん……」

「ザウスは悪の親玉さ。まぁ、僕にしてみれば雑魚だけどね。雑魚討伐が勇者の使命なのさ」

「…………」

「さぁ、行こう！　悪の巣窟、魔公爵城へ！　悪を倒して世界を平和にするんだよ！」

「う、うん」

「正義の名の下に、楽しい冒険の始まりだ！」

（そして、ザウスを倒した暁には……。君は僕の物だ）

第二十四話　きわどい法衣《ほうい》

セアとミシリィは魔公爵ザウスを倒すため、国境を超えて隣国の王都メコンデルラに入った。

魔公爵の領土へはこの国の国境を越えてからとなる。

セアとミシリィは装備をそろえるため、この王都にある武器屋に来ていた。


「なにぃいい!?　こ、ここも竜砂鉄の剣が売り切れているのか？」

「悪いね。あの剣は人気だから」

「じゃあ、魔鋼《まはがね》の剣は？」

「それも売り切れなんだ」


嫌な予感が頭をよぎる。


「まさか、チンという武器商人が買い占めたんじゃあないだろうな？」

「へぇ。よく知っているな。彼はこの店のお得意様だよ。店内の剣は全部、彼が買ってくれているんだ」

セアは頭を掻《か》きむしる。

（くぁああ！　またチンかぁ！　あのクソ野郎が。見つけたら制裁を加えてやる！）

「剣はないが、飛龍の鎖鎌なんてどうだい？」

「いや。僕は剣士タイプだから剣しか装備できないんだ」

「じゃあ、そこの姉ちゃんの武器だな。うちは僧侶の武器も置いているよ」

店主の言葉に、セアは顎に手を当てて考える。

（ミシリィの武器か……。所持金は僕の貯金していた千コズンがあるからな。強力な武器を買うことができるが……）

「あれ？　ここは装備品も置いているのか？」

「ああ。うちは防具も置いているんだ。強力な防具が揃っているぞ」

（なら、僕の防具を買うのもありか）

「店主。剣士タイプが装備できる盾とかあるか？」

「悪い。剣士タイプは全部売り切れなんだ」

「はぁあ!?」

「チンさんが買い占めていてな」

「チーーーーン！」


奥歯をギリギリと噛《か》み締《し》めるセア。

全身からは湯気が出ていた。


「僧侶の姉ちゃんの装備を揃えてやってくれよ」

「うーーーーむ。仕方ない」


気を取り直したセアは店内を見ることにした。

そして、スケスケのレースがついた水着のような防具を見つける。


「こ、これは!?」

「ちょ、セアったら！」

ミシリィはその防具を見て真っ赤になる。

セアはそんな彼女の反応を楽しみながら、

「て、店主……。これは？」

「ああ、それは【きわどい法衣】だ。見ての通り女性専用だな」

「き、きわどい法衣……」

セアの鼻息が荒くなる。ドキンドキンと胸が高鳴った。血流は速くなり、鼻血が噴き出してしまいそうな勢いである。

(ぬ、布の面積が少ない……。なんて露出度の高い防具なんだ。腰履きなんてTの字じゃないか。なんて下品な装備なんだ……だが、こんな装備を彼女が着たら……た、たぎる)

「わ、私はこんな恥ずかしい装備を身につけるなんて絶対に嫌だからね！」

「う！」

セアは図星をつかれて全身から汗を垂らした。

（し、しかし、大義名分はある！）

「きょ、強力な装備は必須だよ」

なんとか彼女を説得しようと試みるセアだったが、店主がすかさず、

「ああ、その装備は見た目だけしか効果がなくてな。防御力は彼女が着ている【僧侶の着衣】と同じなんだよ」

（ぬぐぅう！　じゃあ、買う意味がないじゃないか！）

「しかも、千コズンもするからな。結構、高いんだ。買う人は貴族か、お金持ちくらいだよ」

ミシリィはほっとした。

「じゃあ、ロジカルに買う意味はないわね。セア。この杖《つえ》なんて強そうよ。どうかしら？」

とは言われたものの、セアはきわどい法衣を手放さなかった。食い入るようにそれを見つめる。

「ちょっとセア！　それは身につけないからね！」

「うう……。じゃ、じゃあ……」


と、セアは彼女の耳元で囁く。


「魔公爵ザウスを倒したら着てくれるかい？」

「ええ〜〜」


彼は沸き立つ感情が抑えられなかった。

頭の中は、ミシリィが【きわどい法衣】を着ている妄想でいっぱいである。

(見たい……。清楚で可憐《かれん》。そして純粋。そんなエロから程遠い世界にいるミシリィがこんないやらしい服を着ている姿をどうしても見たい)


「僕がこの世界を平和にするからさ。頼むよ」

「ううう……。じゃ、じゃあ、平和になったらね」

「やった！　約束だよ!!　約束を破ったら承知しないからね！」

「じゃあ、とりあえず、その装備は置いといて、今回はこの杖を買いましょうよ」

「いや。これを買うよ」

「え!?」

「店主。きわどい法衣をくれ」

「ちょ、セア!!」


(軍資金は尽きてしまったが構うもんか)


セアはきわどい法衣を丁寧に異空間に収納した。

異空間収納箱《アイテムボックス》。これは【勇者の証】を授かった時に与えられた特別なスキルである。アイテムを異空間の中に収納することができる便利な技。とはいえ、アイテムはきわどい法衣しか入っていないため、中はスカスカである。


「ねぇセア。ロジカルに考えて、こんな初期装備じゃ不安があるわよ」

「大丈夫さ。僕には筋肉があるからね」

と、セアは腕を曲げて上腕二頭筋をアピールする。

自分の筋肉を見ると笑わずにはいられなかった。

そこには確実な勝利を予感させる安心感があったからだ。

(装備なんて必要はないのさ。僕にはこのたぎる肉体がある)

「ミシリィのレベルは10だけどさ。僕のレベルは82もあるんだよ。この界隈じゃあ最強すぎて誰も勝てないよね」

「た、たしかに……。セアは強いわ」

「だろ。君の雑魚レベルと違ってさ。僕のレベルはもうすぐ頭打ちだ。そうなれば最強だよ。しかも、魔公爵城に着くころには最高値のレベル99にするつもりだからね」

「魔公爵ザウスのレベルが気になるわね」

「どうせ雑魚だろ。やつの父親、魔公爵ゴォザックのレベルは、たった66だったからね。雑魚の子供は雑魚なのさ」

「苦戦しなければいいけど」

「ははは! 苦戦するわけがないだろ! 君は見た目は可愛いけどバカだな〜〜!!」

「……もしものことがあるから、慎重にいきましょうよ」

「はいはい。慎重にね。まぁ、雑魚相手でも、それなりに気合いは入れてやるよ。ククク」

二人は宿屋に泊まることにした。

宿屋の女将《おかみ》は、セアの手の甲に浮かび上がる勇者の証を見て目を丸めた。

「まさか、勇者様がうちの宿に泊まってくれるなんてねぇ。行き先は決まっているのかい？」

「ふ……。魔公爵領です」

「え!?　あんな危険な場所に行くのかい!?」

「魔公爵を倒すのが勇者の使命ですからね」

「あんた知らないのかい？　魔公爵領のモンスターはここいらとは比べ物にならないくらい強いんだよ」

「ははは！　どうせ雑魚です。僕が蹴散らしてみせますよ」

「ギルドの冒険者が戦いを挑んでも勝った者がいないっていうよ。だから、魔公爵領だけには近づかないようになっているのさ」

「へぇ～～。ここのギルドはカスなのかな？」

「やり手の冒険者が大敗して帰ってくるらしいよ。でも、不思議と命を落とした者は一人もいないって話さね」

「ハハハ！　その程度なんですよ。ギルドも魔公爵領もね。ギルドは生きて帰ってくるのが精一杯。魔公爵領は敵を殺すこともできない実力なんだ」

「それならいいけど。無茶はいけないよ。まだお若いんだからさ」

「心配しないでください。僕がこの世界を平和にします」

（クソババァは黙ってろ。ブスが僕に意見するんじゃないよ。魔公爵領だろうとなんだろうとね。所詮は雑魚モンスターなのさ。僕の敵じゃないよ。なにせ、僕のレベルは82もあるんだからなぁ！）

翌日。

魔公爵領を目指し進むセアたちの前に、早速モンスターが出現した。

現れたモンスターはレベル10以下。意思を持たない【湧き出る怪物《ワイテデール》】である。

セアは遭遇するモンスターを拳の一撃で粉砕させた。その度にミシリィの方へ振り返りドヤ顔を見せる。彼女は屈託のない笑顔で応えるのだった。

こうして彼らは国境を難なく越え、魔公爵領に足を踏み入れる。

（さぁ、魔公爵をぶっ倒して、ミシリィにこの【きわどい法衣】を着てもらうぞ！）

第二十五話　勇者セアVSゴブ太郎

セアたちが魔公爵領に入って数時間。

ミシリィは地図を見ながら南方を指で差した。

「魔公爵城はあっちの方角ね」

「うーーん。モンスターが出てこないな。レベル上げをしようと思ってんのにさ」

「不気味ね」

（事前情報では、ずいぶんと強力なモンスターがいるらしい。それなら経験値も多く取得できるだろう。僕のレベルは82だからな。魔公爵城に到着するころにはレベル上限一杯の99にしてやるよ）

それから更に一時間歩くも、モンスターには遭遇しなかった。

「なんだ？　僕の実力に怖気付《おじけづ》いたのか？」

「ねぇセア。ロジカルに考えて魔公爵領って雰囲気が違うわね。かなり警戒した方が良さそうよ」

「はぁ？　警戒する要素がどこにあるんだよ？　雑魚モンスターは僕の実力に恐れをなしたのさ」

「そ、そうなのかなぁ……？」

「ははは。心配症だなぁ。まぁ、君のことは僕が守ってあげるからさ。安心しなよ」

「……私ね。一応、ペガサスの翼を買っておいたのよ」

（やれやれ。ペガサスの翼といえば、一度宿泊した街に一瞬で戻ることができる魔法のアイテムじゃないか）


「おいおい。僕たちの目的地は魔公爵城だぞ。そこに向かって前進あるのみなんだ。そんな戻るアイテムを使うはずがないだろう。バカだなぁ」

「メコンデルラの宿屋の女将が言っていたじゃない。ここのモンスターは強力だって。ロジカルに考えて念《ねん》の為《ため》よ」

「ははは。そういうのを無駄使いっていうのさ。意味のないアイテムは買っちゃダメだよ。だから、バカっていわれるのさ」

【きわどい法衣】だって無駄使いでしょ」

「あ、あれは必要だよ！」


二人は半日ほど森の中を歩きまわり、少し開けた場所に出た。

その中央には一匹のゴブリンが座っている。

セアは少し安堵する。

絶対の勝利が約束されているとはいえ、まったく遭遇しないことを不気味に感じていたのだ。

と、ゴブリンの容姿に気づき、目を細めた。

(なんか、普通のゴブリンにしては背が高いな。見たことがないタイプだ。生意気に麦わら帽子なんか被りやがって……。まぁ、でも、どうせゴブリンだしな。雑魚モンスターであるのには変わりないさ)


「やっとこ敵のお出ましか」

「なんだおまえゴブ？」

「なに!?　ゴブリンが喋るだと？」

「普通ゴブよ。魔公爵領のモンスターは全員が言葉を使えるゴブ」

「ふん。モンスターの分際で生意気な」

「もしかして、おまえが勇者ゴブか？」

「ああ、そうだ。僕が最強の勇者、セアだ。光栄に思うんだね。僕に倒してもらえるなんてさ」

「オイラはゴブリンのゴブ太郎ゴブ。ザウス様の命を狙う勇者……。許さないゴブ」

「ハハハ！　雑魚の忠誠心か。笑っちゃうね。許せないってどう許さないんだよ？」

「おまえはオイラが倒すゴブ」

「プフゥウウ！　えらく強気な発言をするじゃないか。見たとこおまえ一匹だが？　仲間はどうした？　逃げたのか？」

「おまえはオイラ一匹で十分ってことゴブ」

（ふん。姿形がちょっと違うだけだ。雑魚のステータスは見るまでもないな）

セアは、見たら負け、とまで感じていた。

（それより態度がよろしくないな。これは教育が必要のようだ。僕に啖呵《たんか》を切ったことを激しく後悔させてやるさ）

セアは凄まじい速度で移動した。

常人ならば消えたように見えたかもしれない。

メコンデルラ領に出現するモンスター程度ならば、彼の動きは捉えられないだろう。

セアは瞬時にゴブ太郎の側面を捉えた。

（さて、拳の攻撃を喰らわせてやろうか。でも、パワーは抑えといてやるよ。本気でやったらコイツの顔が吹っ飛んでしまうからな。ククク。半殺しにしてジワジワとなぶり殺しにしてやる）

「筋肉の拳《マッスルフィスト》！」

ゲバルゴンザから譲り受けた最強の打撃技。

それは鍛え上げられた筋肉の一撃。命中すればどんなモンスターも秒殺である。

セアの拳はゴブ太郎の頬にめり込んだ。

ゴブ太郎の体はとてつもない速度で吹っ飛んだ。

「ゴブッ!!」

セアは手応えを感じてニンマリと笑う。

(馬乗りになって教育してやろうか。雑魚モンスターが勇者に逆らったことを後悔させてやる)

彼が近づこうとした瞬間。

ゴブ太郎はひょっこりと起き上がった。頬を摩りながらもニコリと笑う。

「痛たた……。結構威力があるゴブね」

「なに!?　お、起き上がるだと!?」

セアは舌打ちをした。

（パワーを弱めすぎたか？）

「戦いの挨拶にしては中々の攻撃だったゴブ」

（くっ！　ス、スカした顔しやがって！　ずいぶんと辛抱強いようだな！　ダメージがあるのはわかっているんだ）

「ふん！　少しはやるようだな」

（雑魚でも防御力だけは高そうだ。だったら、少し、本気を出してやるよ）

「筋肉の拳《マッスルフィスト》!!」

（どうだ！　本気の一撃だぞ!!）

しかし、セアの拳は空を切る。

ゴブ太郎は瞬時に彼の側面に移動していた。

「躱《かわ》されただと!?」

「喰らうのは得策じゃないゴブ」

「ふざけるなぁーーッ!!」

拳の連打。

その攻撃はすさまじく、発生した風がミシリィの髪を揺らした。

「筋肉の拳《マッスルフィスト》！　筋肉の拳《マッスルフィスト》！　筋肉の拳《マッスルフィスト》ォ!!」

ゴブ太郎はそのすべての攻撃を躱す。

「ちょこまかとゴブリンの分際でぇ!!」

大振りの一撃。このチャンスをゴブ太郎は見逃さなかった。

ガシッ！

振りかぶろうとするセアの手首をつかんで止める。

「なにぃいいい!?」

「じゃあ、オイラも攻撃するぞ。ゴブゴブの～～一撃ゴブ！」

ゴブ太郎の拳がセアの顎をとらえる。

「ほげぇえええッ!!」

重い一撃だった。

セアの顎の骨は砕け、そのまま高く宙を舞う。

ゴブ太郎は追撃を緩めない。

吹き飛ばされた先に回り込み、鋭い打撃を繰り出す。

その拳は、セアの無防備となった腹に減《め》り込んだ。

「げぼぉおおッ!!」

「まだまだいくゴブ」

さらにゴブ太郎の連続攻撃。

セアは躱すことができず、そのすべてを喰らって仰向けに倒れた。

すかさず、ゴブ太郎は馬乗りになる。

「えい。おりゃ。どうだゴブ」

拳の連打がセアの顔を打つ。

(痛い……痛すぎる……。死ぬ……。殺される……)

セアが白目を剝いた、その時である。

「ペガサスの翼ぁあああッ!!」

それはミシリィの声だった。

魔法のアイテムで、二人の体は光に包まれる。

そのまま、空の上に向かって浮かび上がった。

ビュゥウウウウウン!!

すさまじい速度で空を飛ぶ。
強烈な風がセアの体を揺らすと、少しだけ彼の意識は戻った。
(な、なんだ？　どうなってる？　飛んでるのか??)
やがて、その風が止《や》み、二人は森のどこかに着地した。
もうろうとした意識のセアに、ミシリィが声をかける。
「しっかりして!?　今、回復魔法をかけてあげるからね！」

＊　＊　＊

「は……！　ぼ、僕は？」
「セア、気がついた！」

そこはベッドの上。昨日泊まったメコンデルラの宿屋だった。

「き、君が助けてくれたのかい？」

「そうよ。買っといて良かったでしょ。ペガサスの翼」

(ぼ、僕は負けたのか？　バカな……。た、戦ったのは、ただのゴブリンだぞ？　僕のレベルは82だ。そんな僕が手も足も出なかっただと??)

「セア……。良かったぁ」

ミシリィは心から安堵の笑みを見せる。

セアはこの現状を信じられないでいた。

(ステータスを見ておくべきだった……。あのゴブリンは、一体なんレベルなんだ？)

得体の知れない恐ろしさに震えが止まらない。

セアのシーツは汗でびしょびしょに濡《ぬ》れていた。

第二十六話　勇者は敵のステータスを確認する

魔公爵城、謁見の間。

俺は部下モンスターたちを集めてゴブ太郎の報告を聞いていた。

「もう少しのところでとどめを刺せたんゴブが、ペガサスの翼で逃げられちゃったゴブ。全然、強くなかったゴブよ」

「いや。それは考えにくい。おそらく、相手が油断しただけだろう」

「レベルがわかれば良かったんゴブが、オイラたちはザウス様みたいに相手のステータスを見られないゴブよ」

ゴブ太郎のレベルは２７０もあるが、あくまでもモブモンスター。相手のステータスを見ることはできない。

「でも、セアの一撃は効いたんだろ？」

「はい。ちょっとだけ痛かったゴブ」

ダメージが通るなら危険だ。

「勇者はオイラ一匹で十分ゴブ。ザウス様が出る幕はないゴブよ」
「いや。念には念をだ。他のみんなもだぞ。油断は禁物だ」

ゴブ太郎の話では勇者の仲間は僧侶の少女だけだったという。
つまりミシリィだ。
シナリオでは、魔公爵ザウスは三人で構成される勇者パーティーに負けてしまう。
一人目の仲間は幼馴染のミシリィ。二人目の仲間は商人の美少女ナンバだ。
ナンバのスカウトがまだなら対策が打てるかもしれないな。
勇者の次の襲来を視野に入れながらもナンバの方も手を打っておこうか。
ゴブ太郎にダメージを与えた勇者の力はやはり侮れない。
徹底的に弱体化させてやる。
手は抜かない。
侮ったりもしない。
石橋を叩くように、慎重に……。

〜〜セアside〜〜


セアとミシリィは身を隠しながら魔公爵領へと侵入することにした。

目的はゴブリンのステータスを見ることである。

物陰に隠れながら移動する。


「ねぇ。引き返しましょうよ。ロジカルに考えて、ゴブリンに見つかったらどうするの？　もうペガサスの翼はないんだよ？」

「しぃーー。声が大きいよ。敵のステータスが気になるからね。どうしても見ておきたいんだ」

「ねぇ。もっと、堅実に冒険しない？　メコンデルラの周辺でアイテムを探してさ」

「アイテムなんてどこにあるんだよ。民家の壺は空だしさ。タンスの中にだって入っていない。ダンジョンを探索しても宝箱は全部空なんだからな！」

「で、でもぉ。もっと、一生懸命に探せば、きっと見つかるわよ」

「いや。ないね。怪しい草の茂みにだってないんだからな。井戸の中にだってなかった！　僕にはアイテムを手にいれることができない呪いがかかっているんだよ」

「そう卑下しないでよ。ロジカルに考えて、地道に冒険をしていればきっと神様が導いてくれるわ」

「その【神の導き】が間違っているんだよぉ！」

「そうなの？」

（うう。このバカ女がぁ！　僕の苦労も知らないで、なにがロジカルに、だよ。可愛くなかったらフルボッコだぞ。僕は五年前から一生懸命に行動しているんだ。【！】マークのある場所は必ず調べるようにしてきた。でも、装備品はおろか、薬草だって手に入れたことがないんだからな！）

「君は黙って僕のいうとおりにしていればいいんだよ」

「で、でも仲間だし……」

「そもそも、君はカスみたいなレベル10だろ。僕はレベル82なんだぞ。戦闘は僕が全部やっているんだ。君を助けているのは全部僕なんだからな」

「だ、だから地道にっていってるじゃない。ロジカルにさ。私のレベルも上げたいし」

「ははは。本音が出たね。結局、自分を強くしたいだけなんだ」

「わ、私が強くなるのはあなたのためでもあるでしょ！」

「いいかい？　君を冒険に連れているのは、君が幼馴染だからだよ」

「そ、それは……。わ、わかっているわよ」

「僕は幼馴染の君のことを誰よりも大切に扱っているんだ。そんな僕の足を引っ張るなんて、バカげていると思わないのかい？」

ミシリィはほとほと困った顔をする。

「なんだか論点が違う気がするわ。私はパーティー全体の戦力を底上げする話をしているのよ？」

「ああ。論破されたからって論点をズラすのはやめてくれないか。君はバカなんだから、頭のいい僕のいうことを聞いていればいいんだよ」

「うう……。た、たしかに、私はそんなに頭がよくないかもしれない。で、でも、あなたのことが心配だし、ロジカルに考えても勇者パーティーとしての使命もあるのよ」

「だったら僕のいうことを聞くんだね。君みたいな雑魚レベルの存在が、レベル82の僕に意見をしている時点で間違っているんだよ」

「うう……」

「君と僕とは次元が違うんだ。次元がぁ！」

「そ、それは……。そうかもだけど……」

彼女は黙った。

セアはそんな彼女に追い討ちをかけるようにいう。

「君のレベルをいってみろよ」

「……じゅ、10」

「僕のは？」

「82」

「じゃあ、どっちが強い？　ロジカルに考えて言ってみろよ」

「セ、セア」

「だろぉおおおお？　強い者が弱い者を守る。強い者がパーティー行動の基軸となる。これは基本中の基本なんだ。雑魚レベルの君が意見していいことなんて一ミリも存在しないんだよ？　わかるよねぇ？　もう少し、嚙《か》み砕《くだ》いた方がいいのかなぁ？　もっとロジカルに話そうかぁ、んん？　どうなの？　わかったの？　わからないなら、わからないっていおうね。もう、大人なんだからさぁ～～」


ミシリィは目に涙を溜める。


「ううう……。わ、わ、わかったわ……。ごめんね、余計なことをいってしまって」

「じゃあ、もういいだろう。僕に完全に論破されてしまったんだからさ。いうことを聞くんだ」

「う、うん……」

「危なかったら僕が守ってやるよ。なにせ、僕のレベルは82なんだからな」

「……で、でもぉ。この前はゴブリンに」

「はぁ？　まだ意見するのかい？　君はどれだけ無能なんだよ。この前のは油断もあったんだ。それに、今回は戦うことが目的じゃないと何度もいっているだろう」

「ううう……」

「だから、こうして身を隠しながら進んでいるんだ。今回の目的は、あのゴブリンのステータスを見ることだ。戦うわけじゃないよ。いい？」

「う、うん」

（やれやれ。この子は見た目は１００点だけど、脳内はマイナス１００点だな。性格にも問題がある。無能を仲間にすると苦労するよ）


二人は広場の近くに到着した。

「あ、あそこだ。あの場所で僕とゴブリンは戦ったんだ」

そこには複数のモンスターたちが陣を構えていた。

「ちぃ。数が増えていやがる」

二人は大きな木の裏に隠れた。

（今回はステータスを見るだけだからな……。真ん中にいるやつが僕と戦ったゴブリンだ）

「一体、なんレベルなんだ？」

セアは目を凝らした。

ゴブ太郎のステータスが浮かび上がる。

「な……なんだと……!?」

こめかみから嫌な汗が流れる。

「あ、あ、あ、ありえない……」

彼は目を擦った。

見間違いかもしれないと、もう一度確認してみる。

「……ま、間違いじゃない」

「す、すごいステータスね」

ミシリィも確認していたようだ。

彼女もセアと同じように震えている。

「ね、ねぇ……。レ、レベルって99が頭打ちじゃないの？」

「……あぐぐぐぐ」

セアは奥歯をガチガチと鳴らした。そればかりか、全身が震え出して止まらない。

（し、信じられん。こ、これは現実か？）

胸の動悸が激しさを増す。

「はぁ……はぁ……」

（ダ、ダメだ。苦しい……）

視界がグニャリと曲がる。

ゴブ太郎のレベルは、

「に、２７０だとぉおおおおおお!?」

と、彼はそのまま後ろに倒れた。

「きゃああ、セア!!」

(つ、つ、強すぎる……。そりゃあ、負けるよね。だって、僕のレベルは82だもん。流石に、82レベルじゃ勝てないよね……。ば、倍以上の強さ……。圧倒的な強さ)

「セ、セア……。あのゴブリンだけじゃないわよ。ハーピーもリザードマンもオークも。あそこにいるモンスターのレベルは軒並み２００を超えているわ！」

「はへぇ??」

(これは夢か？　ああ……。ダメだ。意識が遠のく……)

「アブクククガガガガ……」

「ああ、セア！　泡吹いてるわ！　しっかりしてぇ!!」

（ぼ、僕がレベルを82にするのに五年かかったんだぞ？　そ、それが……に、２７０だとぉ？）

「セア！　しっかりして！」

（いや、無理だろ。無理無理。ゴブリンレベルでこれってことはそのボスである魔公爵ってなんレベルなんだ??　無理無理無理無理無理。これ無理だろ。終わった。詰んだ。完全に詰みだ）

「セア！　セアーーーー!!」

（ああ……。意識が遠のく――）

＊　＊　＊

「はっ……！　こ、ここは……どこだ？」

そこはベッドの中。

彼は宿屋の天井を見つめていた。

「ゆ、夢か……。は、ははは。良かった。……助かった」

（つたく。冗談がすぎる。悪夢すぎだろうがぁ！）

「ああ、良かった気がついたぁ。セアったら気絶しちゃうんだもん。おぶって帰るの大変だったのよ」

ミシリィが優しく微笑む。

しかし、セアには彼女の言葉が引っかかった。

（お……。おぶって？）

「ど、どういうこと……？」

「セアは泡を吹いて気絶しちゃったのよ」

「……え？」

再び、嫌な汗が流れるのを感じるセア。


「あ、だから……。ロジカルにいうとね。ゴブリンのレベルを見て気を失っちゃったのよ」

「あ……」

「セアったら筋肉の塊だもん。ものすごく重いのよね。だから、おんぶして移動するのが大変で。ここまで帰ってくるのに二日もかかったのよ」

「え……？」


セアはまだ信じられないでいた。


「あなたは、ずっと眠っていたのよ」

「ずっと？」

「あれから三日が経ったの。あなたはずっと目を覚まさなかったのよ」

「み、三日も……」

「そうよ。もう、永遠に起きないのかと思って心配しちゃった。でも目が覚めてよかったわ」

「あああ……」

「ちょ、セ、セア！」

「ああああああ」

「セ、セア！　大丈夫!?」

「ああああああああああああ!!」

(夢じゃなかった！　夢じゃなかったぁああーーッ!!)

「ぬがぁああああああああああああああああああ!!」

第二十七話　念には念を

嫌な予感がする。

勇者の侵入があってから一週間が経つが、妙に魔公爵領が静かだ。

スターサの報告ではメコンデルラの宿屋で休んでいるらしいのだが、もしかしたら作戦を練っているのかもしれない。

「なぁ、ゴブ太郎。あれから勇者の姿はないんだな？」

「はいゴブ。大勢のモンスターで大樹の泉前の広場を警戒をしているゴブ。でも、姿はまったく見えないゴブ」

「ふぅむ……」

「オイラが半殺しにしたから傷が治ってないかもしれないゴブ」

「それは考えにくいな。勇者の仲間にはミシリィという回復魔法を使う僧侶がいるからな」

「もしかして、魔公爵領の他の土地に侵入しているかもしれないゴブよ。あの広場以外にもモンスターの動きを広げてはどうゴブか？」

「それはダメだ。死守すべきは泉なんだからな」

大樹の泉。

それはブレクエ序盤において最高のレベル稼ぎポイント。

大きな樹《き》の幹からは無限に水が湧き出ている。その水には治癒の効果があって、飲むだけでダメージが回復してしまう。

セアにとって、もっとも有利になる場所だ。

ゴブ太郎たちが守っているのは大樹の泉がある目の前の広場なんだ。あそこを通らなくては泉にはいけない。

逆をいえば、あの広場さえ死守していれば回復ポイントに行けないことになる。


「ではザウス様。モンスターの増援をして、広場よりもっと手広く警戒してはどうゴブか？」

「そんなことをすれば、おまえたちよりレベルの低いモンスターを出撃させることになるじゃないか」

「でも、勇者を手早く発見できるかもしれないゴブよ」

「あまり意味はないな。魔公爵城へはかならず大樹の泉を通らなければならない。無駄なことは避けよう。それに、低レベルのモンスターだと勇者に倒されてしまうかもしれないからな」

「ふぉお……。ザウス様はお優しいゴブゥ」

「勘違いするな。俺は自分の部下を減らしたくないだけだ」

「そんなことといってぇ……。デヘヘェゴブ」

「なんだ、ニヤニヤしやがって。なにがいいたいんだ？」

「ザウス様は、いっつもオイラたちのことを心配してくれるゴブ」

「ふざけるな！　支配者として当然のことをしているだけだ！　俺は極悪非道な魔族だぞ！」


部下モンスターのことなんてどうでもいい。

こいつらは俺を守る駒にすぎん。ゲームのキャラにいちいち愛着が湧いていたらキリがない。

こんな奴らが死のうが消えようがどうでもいいのだ。大事なのは俺の命なんだからな。


「俺は容赦はせんぞ！　俺の命令は絶対だ！　気を抜いたら許さんからな！」

「はっ！　死ぬ気でがんばるゴブ!!」

「うむ」

「では、持ち場に戻るゴブ！」


とは言ったものの、勤務体制は気になるな……。


「ゴブ太郎。現場の休憩とかはどうしているんだ？」

「あ、はい。ザウス様にいわれたとおり二時間置きに代わり番こで休憩を取っているゴブ」

「うむ。根を詰めすぎるのは長期戦で保たないからな。休みは？」

「三日に一度は休みをもらっているゴブ。モンスターの警戒体制は、メエエルさんが組んでくれたシフトで動いているゴブよ」

「よし。それならいい」

「デヘヘヘ」

「またニヤニヤしてるぞ！　これはおまえらのことを心配しているからじゃない！　無理をして体を壊したらシフトに欠員が出るからだ！」

「はい。もうしわけありませんゴブ！」


気の緩みは事故につながる。

余裕だった戦いがピンチになる可能性だってあるんだ。

とはいえ、勇者の襲来で現場の気が張り詰めている可能性がある。体調の管理は俺が気を配っておくか。


「まぁ……。実際に体調不良になったら事前にいっておくように。そんな日は体を休めて体調を整えるのが一番だ。持ち場のことはメエエルにシフトを書き換えてもらえばいいからな」

「あは！　やっぱり優しいゴブ」

「バカ！　これはほかの者たちに迷惑をかけないためだ！　体調不良で足手纏いになったらチームの戦力低下を招くだろうが！」

「は！　失礼しましたゴブ！」

「気が緩んでるぞ！」

「は！　引き締めますゴブ！　では、持ち場に戻るゴブ！」


と、少し走ってから振り向いた。


「ザウス様。大好きゴブ」

「バカ！　さっさと行け！」

「命に代えてもザウス様をお守りするゴブ！」

「アホ！　やられそうになったら早めに退却だ！　おまえらが死んだら俺の手駒が減るだろうが！」

「ザウス様！　オイラがんばるゴブゥウ!!」

やれやれ。困った部下だよ。

と、嘆息をついていると、アルジェナがニヤニヤしながらこっちを見つめていた。

どうやら一連の会話を聞いていたようだ。

「おい。なにをニヤついているんだ？」

「別に～～」

「いやらしい顔だな。スケベなことでも考えていたのか？」

「考えないわよ！」


そこへメエエルがやって来た。


「ザウス様。少し気になることが」

「なんだ？」

「スパイ活動をなさっているスターサさんが元気がないようなのです」

「体調不良か？」

「いえ。どうやら心配ごとがあるようなのですが、私が聞いても話してくれません」


彼女は大事なスパイである。

心配ごとで活動に支障が出れば問題だ。

俺はスターサを魔公爵城に呼びつけた。


「お呼びでしょうか。ザウス様」

「うむ……」

目にクマができているな。寝てないのか。

「疲れが顔に出ているな。睡眠はとっているのか？」

「えっと……」

「勇者はメコンデルラから動く気配がない。二、三日休んだらどうだ？」

「そ、そんな……。私、まだやれます」

「…………別におまえのことなんか心配しているわけではないがな。スパイ活動に支障をきたしては俺が迷惑なんだ」

「そ、そうですよね……」

しまった……。少々冷たすぎたか。やる気を失ってはそれこそ意味がない。やり甲斐のある仕事を提供してこそ、真の支配者というものだ。

俺はコホンと咳払《せきばら》いした。

「おまえは優秀だ。体を壊されたら俺の損失が大きい」

彼女は少し笑顔になる。

「ザウス様……。ありがとうございます」

「うむ。とりあえず、三日ほど休め」

「はい」


スターサの家は孤児院だから、彼女の他にも孤児たちが大勢いるんだったな……。

「あー、メエエル。食糧庫に果物が余っていたな。腐らせては勿体《もったい》ない。ゴミ処理として孤児院に届けてやろうか」

メエエルは、そんなものあったかしら？　と小首を傾げながら、異空間収納箱《アイテムボックス》から食糧庫のリストを取り出した。

「特に腐るような果物は備蓄しておりませんが……」と言った後に、ニコリと笑う。

「いえ、そうですね。腐らせては勿体《もったい》ないです。孤児院に持っていけばゴミ処理は孤児たちがやってくれるでしょう」

「うむ」

「馬車いっぱいに新鮮な果物を積めてやりましょう。そういえば甘いクッキーやジュースも備蓄が溢《あふ》れていたように感じます」

「あーー。それも持っていけ。腐らせては勿体ない。無駄はない方がいいんだ」

「はい。ゴミ処理ですね」

「ああ、そうだ。人間程度はゴミ処理をさせればいいんだ」


スターサは満面の笑みを見せる。


「ありがとうございます！　みんな大喜びします！」

「勘違いするなよ。おまえを含め、孤児たちは将来の労働力に繋がるんだ。大人になれば俺のために働いてもらう。それまでには健康でいてもらわなくては困るんだ。孤児が栄養のある果物を食べれば元気に育つ。加えて、ゴミ処理ができれば一挙両得というわけだ。あくまでも効率重視。全部、俺のためだ。別に孤児たちを喜ばせるとか、そんな気は毛頭ないからな」


スターサは顔に正気が戻ったようだ。


「はい。えへへへ」

「うむ。そうやって笑っている方がおまえらしい。帰ってよく寝ろ。目の下のクマは痛々しいぞ」

「ありがとうございます……」

スターサはなにかを決心したように口を開いた。

「あの……ザウス様……。実は悩んでいることがあります」

部下の悩み事か……。

別に興味はないがな。

……しかし、スパイ活動に支障が出ては俺の利益を損ねるか。

「なにがあった？」

「実は……。孤児院の子らが病気になってしまったんです」

「ほぉ……」

「みんな高熱を出して寝込んでいるんです。私はみんなの容体が心配で」

それで眠れなかったのか。

「メエエル。孤児の病は聞いているか？」

メエエルは再び異空間収納箱《アイテムボックス》を開き、孤児院の資料を取り出す。

「報告は上がっていますね。ポーションでは治らないようです」
「上級《ハイ》ポーションを出してやれ。孤児は貴重な労働力になるんだ」
「いえ。ポーション系は効果がないようです」

ポーションが効かないのか……。それにしてもスターサ。

「なぜ、黙っていた？」
「今は勇者が攻めて来ています。こんな非常時に……。ザウス様の負担になると思いました」

すかさず、アルジェナのフォローが入る。

「孤児院のことは、あたしも聞いてたんだけどね。城内は勇者の襲来でピリピリしてたからさ。余計なことで邪魔したくなかったのよ」

俺に心配をかけまいとしたのか……。うん、よくできた部下だ。
部下の異変……。もっと早くに気がつくべきだったな。これでは支配者失格だよ。
まずは病気を解決することが先決か。

「よし。孤児たちを見に行こう」

メエエルは目を見張る。

「い、今から行かれるのですか？」
「ああ、スターサが潰れれば勇者の動向を探れなくなるからな」

アルジェナはニコリと笑った。

「子供たちが心配なんでしょ？」
「は？　部下の悩みを解決するのは支配者の務めだ。あくまでも俺の問題であって、子供のことなんてどうでもいい。心配なんかこれっぽっちもしていないさ」
「ふふ……。あたしも行くわ。あたしは子供たちが心配だもん」

俺たちは馬車を使ってザウスタウンにある孤児院に向かった。
到着するなり、院長が駆け寄ってくる。

「ああ、ザウス様。こんな所に来てはいけません。子供たちの病気がうつってしまいます」

伝染病の可能性があるのか……。

「それなら益々、治療する必要がある」

ザウスタウンの住民が伝染病にかかれば農作物の生産量に影響が出るだろう。

なんとしても治療は必要だ。

それに最悪の場合、隔離も考えなければいけない。

俺は子供たちに会うことにした。

そこは子供たちの寝室。

ベッドの上には高熱を出して苦しそうに寝ている子供たちがいた。

子供らは俺の顔を見ると少しだけ笑顔になった。


「あ……ザウス様だ……」

「ザウス様……」

「嬉しい。見舞いに来てくれたんだ」

「わぁ、ザウス様ぁ」

俺に挨拶をする声は、以前の元気さのかけらもない弱弱しさだった。それほどまでに高熱でやられているのだ。

「ゆっくり寝ていろ」

みんな、かなり辛そうだな。
それに皮膚の変色が気になる。緑色に変わるとは奇妙だ。よし。

「上級回復《ハイヒール》」

しかし、俺の回復魔法は子供たちの体に吸収されるだけで、その熱は下がらなかった。
回復呪文も効きそうにないな。
アルジェナは孤児たちの体を見て顔をしかめた。

「魔苔病《まこけびょう》だわ」
「なんだそれは？」
「体に魔力を含んだ苔が生える奇病よ。あたしも古文書で読んだくらいで名前くらいしか知らないけど」

ゲームには登場しなかった病気か。厄介だな。

「伝染すると国が滅ぶって書いていたと思う」

「治療法は載っていたか？」

「ピカリ草って薬草じゃないと治らないらしいわ」

ピカリ草か……。たしか、ブレクエの続編に登場するアイテムだったな。

小さなクエストで奇病を治すのに使っていたはずだ。あれが魔苔病だったのかもしれない。

しかし、そうなると面倒だな。ここは初代ブレクエの世界だから、ピカリ草が手に入る場所がわからない。

思案している俺を見て、メエエルが反応した。

「ピカリ草はカクレ大陸にあるカクレ高原に咲いているそうです。昔、ゴォザック様が観賞用に欲しがったのを思い出しました。ピカリ草は葉っぱが輝いていてとても美しいといいます。しかし、遠く離れた秘境の土地ということで採取を断念したのです」

「そのカクレ高原はどこにあるんだ？」

メエルは地図を広げた。

「ここが魔公爵領。そして——」

と、メエルが指をツーと動かす。

魔公爵領からどんどん離れていく。

「ここがカクレ高原です」

「かなり遠いな」

「ワイバーン飛空艇を出しましょうか。あれならば三日で着くと思います」

片道三日か……。探すことも考慮すると行って帰ってくるのに一週間はかかってしまう。もっと早く到着する方法はないものか……。そうだ！

「ダークペガサスがいた！」

「ザウス様専用の移動用モンスターですね」

黒い羽が生えた黒いペガサス。何度か乗ったことはあったが、戦闘訓練がいそがしくて特に注目しなかったな。

たしか、設定資料集では高速で飛べると書いていたはずだ。

俺はダークペガサスのいる厩舎《きゅうしゃ》に向かった。

一緒についてきたアルジェナは不安気な、しかし決意に満ちた顔をしている。

「あたしも行きたい」

「いや。アルジェナはここにいてくれ」

「でも……！」

「俺が不在の時にザウスタウンになにかあれば大変だからな」

「……ねぇ。どうして魔公爵のあなたが、孤児のためにこんなにしてくれるの？」

「ふん。孤児のことなんぞ、どうでもいいさ。人間が死のうが知ったこっちゃない。ただ、伝染病が流行ればザウスタウンの生産量が落ちるからな。それを阻止したいだけさ。全ては俺のためだ」

俺は自分のことだけを考える。他者のことなんぞ、どうでもいい。

「それに、これは修行の一環になる。領内の問題を解決し、かつ自分のレベルも上げることができれば一挙両得だからな。効率を重視しただけにすぎん」

「…………………………嘘つき。子供が心配なくせに」

「ん？　なんか言ったか？」

「別に……」

よし！　いざ行かん、新天地へ！

俺はあぶみを蹴ってダークペガサスに合図を送った。

ギュゥウウウウウウウウウウウウウン！

速っ！

事前に魔法防御《マジックディフェンス》を張っておいて良かった。

空気の摩擦で火傷《やけど》するところだったよ。

第二十八話　ピカリ草を求めて

俺はカクレ大陸に到着した。

魔公爵領を離れ、海を超えていくつかの大陸をまたいだわけだが、流石はダークペガサス。音速は余裕で超えていたな。

あっという間に着いてしまった。

さて、ピカリ草はカクレ大陸のカクレ高原にあるというが……。

ゲームでは行ったことのない場所だ。いかんせん情報が少なすぎる。

俺は情報収集のため、付近の大きな街に入ることにした。

魔族であることがばれないように俺自身は黒いフードを被り、ダークペガサスの羽は目立たないように仕舞っておいた。革手袋もはめて青い肌は見えなくしておこう。

「まぁまぁ栄えている街だな。人口は一万人といったところか」

住人のステータスはモブ扱い。レベル5以下の非戦闘員ばかりだ。

冒険者ギルドがあるなら、そこで情報を聞こうか。

俺は街の住民から聞き出し、ギルドへと向かった。

この細い路地を超えたところがギルドか……。ん？

「へへへ。新参者か？　ギルドに行くなら通行料を払ってもらわねぇとな」

俺の前には五人の男が立ち塞がる。
念の為、ステータスを確認してみた。
レベル12か……。種別は【モブの冒険者】になっているな。

「さぁ、出せよ。金目のもんをよぉ。ケへへへ」

と、ナイフを舐める。
うわぁ。絵に描いたような雑魚だ。いかん、ちょっと楽しくなってきたぞ。
俺は笑いを堪《こら》えながら、

「ぷふ……。金を渡して俺に得があるのか？　急ぐから通してくれ」
「舐めんじゃねぇぞ。クソがぁ！　痛い目みねぇとわからねぇようだな！　後悔させてやるぜ!!」

男はナイフを突き刺してきた。

だよねーー。そうなると思った。

まぁ、ここ数年は同じ相手との戦闘訓練ばかりでマンネリ化していたからな。こういう展開は新鮮で楽しいよ。

俺はその切先を指で摘んでナイフを奪った。

「なに!? て、てめぇ……!! やっちまえ!!」

男たちが一斉に飛びかかってくる。

俺はその攻撃を防御すらしない。レベル12程度では俺に一ダメージすらも与えることはできないのだ。

「「「硬ぇえ! なんて体だ!?」」」

俺は指一本で男たちを蹴散らした。

男たちは地面に伏せて、痛みを堪えている。

「「あ、あううう……」」

こういうの、前世では過剰防衛になるんだけどな。この世界にはそんなのないから気楽だよ。あと、こういうのも言えてしまうんだ。

「次に俺に歯向かってみろ。殺すぞ」

「「ひぃいいい!!」」

うん。公然と殺害予告までできてしまう。前世ではヤクザでさえ言えなかったセリフだからな。言えばたちまち逮捕案件。そんなセリフを自由に言えてしまうのはこの世界ならではであり、悪役キャラならではの利点だろう。やっぱり悪役は最高に楽しいな。

ふふふ。さて――、

俺はボロボロになった男の胸ぐらを掴み上げた。

「ひぃいい!　も、もう勘弁してくださぃいい!!」

鼻血を垂らした男は、口の中も血だらけだった。

「回復《ヒール》」

「へ？　な、なんで!?」

「これで治ったろ。この辺は初めてなんだ。ちょっと案内しろ」

「こ、殺さない……んでやんすか？」

「おまえを殺して俺に得があるならそうするがな」

「ひぃいい！」

「そんなことするより、生かした方が便利なんだ」

「ま、まさか……。あっしの怪我を治してくれるなんて……」


男は深々と頭を下げた。


「命を助けていただき感謝いたしやす。あっしはサブと申しやす。さきほどは大変、失礼いたしやした。心よりお詫《わ》び申し上げやす」

「うん。俺はザウスだ」

「よろしくお願いいたしやすザウスの旦那」

「よし、サブ。ピカリ草って薬草は知っているか？」

「それはレア薬草ですぜ。この辺ではめったに採れない貴重な薬草でさぁ」

「どうしても欲しいんだ。情報はギルドか？」

「へい。案内いたしやす」

俺はサブの案内でギルドの受付で話を聞くことにした。

面倒な手続きはすべてサブが率先して教えてくれた。

中々に便利なやつである。

受付嬢の話によると、ピカリ草はA級難度のクエストで手に入るアイテムだった。

カクレ高原には強いモンスターが生息していてピカリ草を採取できなくなっているらしい。

受け取った資料を見ていると、横から盗み見たサブが大声を出した。


「げっ！　カースナイトの討伐依頼!?　む、む、無理っすよ。いくら旦那が強いからって命をドブに捨てるようなもんですぜ!?」


カースナイトといえば以前、アルジェナに挑戦するためのレベル上げの時に遭遇したことのある奴だな。

レベル40の騎士型モンスター。

あの時はレベルが低かったからな。メエエルと逃げ回っていたっけ。


「だ、旦那ぁ。カースナイトはこの辺じゃあ最強のモンスターですぜ。今まで何人もの冒険者が戦いを挑んで命を落としやした。もう、この界隈でも挑戦する人間はいなくなってしまいましたよ」

「でも、倒さないとピカリ草は手に入らないんだろ？」

「そ、それはそうですが、命あっての物種ですぜ。他の方法をですね……」

「いや、時間が惜しい。今から行く」

「えええ!?」


子供たちが高熱を出しているからな。別に心配なんかしていないが、街の中で病気が伝染するのは困るんだ。急いだ方がいい。


「じゃ、じゃあ、遭遇しないように準備した方がいいっすね」

「いや、真正面から行こう」

「ええーーッ!?」

「おまえも来い」

「ええーーーーーーッ!?」

「ピカリ草を探すのに人手がいる」


俺は震えるサブをダークペガサスの後ろに乗せた。

サブの仲間が、終わったな、という顔でハンカチを振っている。

今生の別れみたいだな……。

「だ、だ、旦那ぁ。カクレ高原は馬でも二日はかかる場所ですぜ？　た、旅の準備はしねぇんですかい？」

あ、そうそう。準備で思い出した。

「おまえにも魔法防御《マジックディフェンス》はかけておいたからな。これを付与しておかないと火傷で死ぬんだ」
「はい??」
「じゃあ、行こう」

と、あぶみを蹴ってダークペガサスを動かす。

ギュゥウウウウウウウウウウウン!!

「ひぃえぇーー!!　と、飛んだーー！」
「よし。到着」
「ええーー!?」

あっという間のできごとにサブは混乱しているようだった。

「そ、そんなバカな……。は、早すぎですって!?　一体どうなっているんすか!?」

「え？　移動しただけだけど？」


サブはダークペガサスを見て大きな声を張り上げた。


「げぇええ!!　は、羽が生えている!?」

「ああ。ペガサスだからな」

「ぺ、ペガサスなんて伝説の魔獣じゃねぇですか……。は!?　だ、旦那。その角は!?」


ああ、フードが外れていたのか。自慢の一本角が丸見えだな。


「俺は魔族なんだ」

「ひぃえええぇッ!!」

「まぁ。そう驚くなって」

「い、い、命だけはお助けをーー！」

「いや。殺すならとっくに殺してるから」

「た、たしかに……」

「正体がばれたついでに話しておくが……。俺は自分の街を持っているんだがな。そこで魔苔病って病が流行りそうなんだ。それを治すのにピカリ草が必要なんだよ」

「そ、そうだったんですね……。只者《ただもの》ではないと思っていやしたが、まさか魔族だったとは……」

突如、周囲が黒い瘴気《しょうき》に包まれる。

それは次第に集まり一つの大きな塊となっていく。

俺たちの目の前に、禍々しいオーラを纏った巨大な鎧騎士が現れた。

「うん。カースナイトだな」

「ひぃええ!!　お、終わったぁあ!!」

第二十九話　すれ違いの戦い

メコンデルラの海岸で勇者セアは拳を振っていた。

「筋肉の拳《マッスルフィスト》！　筋肉の拳《マッスルフィスト》！　筋肉の拳《マッスルフィスト》ォ!!」

その波動は対岸の島へと到達する勢い。

遥か遠くの島では爆炎が上がっていた。

「僕は強い。最強の勇者なのにぃい!!」

と、地面に手をつくセア。

気がつけば鼻水と涙が流れ出る。

絶望するセアを見て、ミシリィは少しだけ笑みがこぼれる。

（勇者の力が目覚めて調子に乗っていたけど、こういうところは昔と変わっていないな……。私がしっかりしなくちゃ）

彼女はセアの肩に優しく手を乗せる。

「セア。元気を出して。あなたは勇者なのよ」

「うぐぅ……。ミシリィ……。ぼ、僕は……。ううう……。たかだかゴブリンに勝てなかったんだ」

と、セアはミシリィに抱きついた。

彼女は、セアの頭を撫でながら、

「二人で対策を考えましょうよ」

「ううう……。無理だよ。君はバカなんだからさ。二人で考えたって良い案なんか出っこないよ」

「あのねぇ……。たしかに、私の頭は大したことないわよ。でもさ。困難に遭遇した時は多角的な視点でロジカルに考えるのが良いと思うのよね」

「たかくてきなしてん？　む、難しい言葉はやめてくれよ。バカはそうやって賢ぶるから困るんだ」

「あ、ごめん。多角的な視点っていうのはね。色々な角度から問題を見て解決しようってことなのよ」

「だ、だったらそう言いなよ。人に伝わらない話し方はバカ丸出しで恥ずかしいよ」

「ごめんね。とにかく、色々な角度からロジカルに考えてみましょうよ」

セアはミシリィの胸に顔を擦《なす》り付《つ》けた。

「無理だよ無理だよ。僕には無理なんだ」

「セ、セア！　大丈夫！　きっと、なんとかなるわよ。あなたは勇者――」

「…………」

よく見ると、セアは胸の感触に頬を緩めていた。

「ちょ、ちょっと！」

と、ミシリィはセアを突き放す。

「真面目に考えてよ！」

「か、考えてるさ。でも、君に『きわどい法衣』を着てもらうことしか対策が思いつかなかったんだ」

「それをしてどうなるのよ！」

「僕がたぎる」

「バカ！　もっと真面目に考えて！」

「うう……。バカにバカと言われると落ち込むなぁ」

「もっと、ロジカルに、色々な角度から考えてみましょうよ」

「例えば？　ゴブリンのレベルは２７０もあるんだよ？」

「そうね……。セアのレベルが82だから到底勝てないわよね。だったら、臭いとか年齢、見た目なんかで比べるのはどうかしら？」

「そんなもので比べてなんになるんだよ？」

「色々な角度で物事を考えてみるのよ。ロジカルに考えれば解決の糸口がみつかるかもしれないわ」

「無駄だよ。君は見た目以外、なんの取り柄もない女の子だしさ。僕は見た目も頭脳も持ち合わせている完璧な存在だけどね。ゴブリンのレベルは桁違いだよ」

「だったら、人数はどうかしら？　こっちは二人よ！」

「相手はモンスターの軍団なんだぞ？　ゴブリン一体だけじゃなかったじゃないか。本当にバカだなぁ」

「そうよね……。モンスターは軍団なのよね……。こっちにももっと仲間がいれば良いんだけど」

「そうだよ。あのゴブリンに匹敵するくらいの仲間がいればいいけどさ。そんな存在はいるわけないよ。魔神狩りのアルジェナはどこにいるかわからないしね」

　ミシリィは対岸の煙に目をやった。その煙の奥に見える高台には大きな塔が建っている。

「あの塔……。そういえば大賢者の話。聞いたことがあるわ」

「ああ、世界を滅ぼす恐ろしい大賢者だろ。たしかメコンデルラ国王がソリチュー島に閉じ込めて管理してるって話だ。大賢者と国王の間で人間の領土には手を出さない約束があるらしいよ」

「ソリチュー島ってあそこじゃない？　きっと、あの塔の中に大賢者が住んでいるのよ」

「そうかもね。まぁ、周辺の海が荒れまくっているから船じゃ行けないけどね。そもそも、行ってどうするんだよ？　その強さは人類最強だと噂されているんだぞ。行ったところで殺されるのがオチさ」


彼女は手を叩いた。

それも正解を見つけたように、晴れやかな笑顔で。


「大賢者を仲間にすればいいのよ！」

「はぁ？　そ、そんなことができるわけないだろ」

「できるわよ！　セアは勇者だもん！」


セアは手の甲に輝く【勇者の証】を見つめた。

（うーーん。確かに【勇者の証】を見せれば、交渉はできるかもしれないのか……。魔公爵の存在は大賢者にとっても目の上のコブだろう。なら、共通の敵ということになる。僕たちと協力して倒すことを条件にすれば仲間になってくれるかもしれないな)

彼は不敵な笑みを見せた。

「よし。大賢者を仲間にしよう」
「あは！　希望が見えてきたわね！」
「うん。やっぱり僕は天才だよ」
「え？」
「僕が出したアイデアのことさ」

と、キランと白い歯を光らせる。

「大賢者を仲間にするなんて、とんでもない発想は僕にしか出せないんだ！」

ミシリィは少し苦笑い。

「え、ええ。そうね……。そうだわ。流石は勇者よ」

「だろぉ！　ふふふ！　よぉし、大賢者を仲間にするぞぉ！　たぎるぜ‼」

元気を取り戻したセアを見て、ミシリィは優しく微笑んだ。

（良かった。セアが元気になってくれたわ。私の案を自分のものにすげ替えちゃったけど、元気が出たならそれで良いわよね。ふふふ。やっぱり、セアはたぎってる方がカッコイイわ）

「ソリチュー島に渡る方法を探ろう！」

「ええ！」

＊　＊　＊

そこはソリチュー島の高台。

大きく聳《そび》え立《た》つ塔の中。

最上階の部屋にはいくつもの色鮮やかな球体がフワフワと浮いている。壁は一面が本棚になっており、古い言語で書かれた難読な魔導書がびっしりと収納されていた。

一体の土人形が、大きな声を出しながらその部屋に入ってきた。

「大変です。島が攻撃を受けましたッチ」

部屋の奥には豪奢《ごうしゃ》な椅子がフワフワと宙に浮いていた。

そこには小さな女の子が座っていて、見た目は十一歳くらいだろうか。

少女が手を動かすと、宙に浮いていた水晶が動く。それは島の外周に設置されている水晶と連動しており、まるでスクリーンに投影される映画のように外の風景を映し出した。


「どこじゃ？」

「メコンデルラ側の海岸ですッチ」


少女が手首を動かすと、その動きに連動して水晶の景色が替わる。

そこにはセアの筋肉の拳《マッスルフィスト》によって発生した煙が上っていた。

地面には粉々になった光り輝く珊瑚礁《さんごしょう》が映る。


「なに!?　わしが作った光輝珊瑚礁《ルミナスコーラル》のオブジェが壊れておる」

「はい！　カフロディーテ様の芸術品が木《こ》っ端微塵《ぱみじん》ッチ！　強力な攻撃を受けた模様ッチ！」

「メコンデルラの反乱か？」

「わかりません。しかし、攻撃が発射された方角からしてそうとしか思えませんッチ」

「魔法攻撃か？　それとも火薬か？」

（おかしいの？　メコンデルラ国王がわしを裏切るとは思えんのじゃが……）

少女が両手を広げると、水晶からさまざまな数式が飛び出して、彼女の眼前に配置されていく。

「ほぉ。特殊なスキルのようじゃな。これはおよそ常人が持てる力ではない。それにしても邪心が強いのぉ」

「じゃ、邪心ですかツチ？」

「邪悪な心じゃよ。わしの魔測定では普通は確認できない力も計測することができるのじゃ」

「おお！　流石はカフロディーテ様だツチ」

「読めたぞ。魔公爵からの攻撃じゃな」

「どういうことですか？　魔公爵領とは攻撃を受けた方角が違うツチ？」

「わしをメコンデルラと戦わせる作戦だったのじゃろう」

「なるほど。メコンデルラからの攻撃と勘違いさせるためにメコンデルラ領から攻撃したツチね！」

カフロディーテはニヤリと笑った。

(ゴォザックが死んで、その息子が跡を継いだと聞いていたがな。ここ数年音沙汰がなかったがついに動きよったか。同士討ちを狙うとは小癪《こしゃく》な。わしをハメようとはいい根性なのじゃ)

「良かろう。その喧嘩《けんか》買ってやる。この大賢者カフロディーテの恐ろしさ。目に物見せてやろう」

そう言って手を上げた。

「土人形たちよ。岩巨人《ゴーレム》の出撃準備じゃ！」

塔の外では、大勢の土人形が大きな石板を貨車に乗せて運び出す。
用意された石板は十枚。その全てを縦にして並べる。
塔の最上階からその様子を見ていたカフロディーテ。彼女が右手を軽く振ると、石板に魔法陣が浮かび上がり、中から巨大な人型モンスターが現れた。
体高十メートルはあるだろうか。岩で形成された湧き出る怪物《ワイテデール》の巨人。
それらは魔法陣から次々と現れる。
ついには百体もの岩巨人《ゴーレム》が列をなした。

「さぁ。行くのじゃ岩巨人《ゴーレム》よ。魔公爵領を破壊するのじゃ！」

彼女の号令で、岩巨人《ゴーレム》は淡い光を発した。

重いはずの巨体が宙に浮き、続々と空に飛んでいく。

「ははは！　わしに喧嘩を売ったことを後悔するがいい。百万倍にして返してくれよう！」

先行した岩巨人《ゴーレム》が魔公爵領の上空を偵察している。

カフロディーテはその様子を空飛ぶ水晶で撮影していて、自らは塔の中から岩巨人《ゴーレム》に指示を出していた。

「ほぉ。街があるのか？　魔族のくせに生意気な。よし、半分を街に。もう半分は魔公爵城に攻撃じゃ」

五十体の岩巨人《ゴーレム》はザウスタウンに着地した。

（ゴォザックは奴隷狩りをしておったからな。大方、ここは奴隷区なのじゃろう）

彼女は以前よりゴォザックが連れ去った奴隷のことを気にしていた。

（いい機会じゃわい。ふふふ。わしが助けてやるかの）

空中には岩巨人《ゴーレム》に混じって箱形の物が数体飛んでいた。これは救助用の飛空挺《ひくうてい》である。

カフロディーテは空飛ぶ水晶越しに宣言した。

それは術式で拡声された大きな声だった。

『あー。聞こえるか人間よ。わしは大賢者カフロディーテ。そなたらを助けに来た。囚われた身分を解放してやろう。安心するがいい。岩巨人《ゴーレム》が攻撃するのは岩巨人《ゴーレム》に攻撃してきた者と魔族だけじゃ』


人々は混乱する。


「は!?　別に助けて欲しくなんかないぞ！」

「助けなんか求めてないわよ!?」

「帰れぇええ!!」

「私たちはここで暮らしたいんです。邪魔しないでください」

しかし、その声はカフロディーテには届かない。

水晶は声を発することしかできないのである。

水晶に映る領民の怒りの表情を、カフロディーテはザウスへの復讐を訴えていると判断してしまった。

『うんうん。感謝の声は後で聞くわい。とりあえず街は破壊するからな。避難は近くの岩巨人《ゴーレム》に任せるのじゃ。人間を見つけ次第、飛空挺に回収じゃ』

岩巨人《ゴーレム》による破壊が始まった。

＊　＊　＊

ドォオオオオオオオオオン!!

「え!?　なになに!?　なにごと!?」

孤児院ではアルジェナが岩巨人《ゴーレム》による破壊音に大きな声をあげていた。彼女の横にいたメエルも同様に驚愕《きょうがく》する。

彼女らは孤児たちがかかっている魔苔病の看病をしていた。

実はスターサも魔苔病にかかっており、ついさきほど高熱を出して倒れたばかりである。

孤児院の院長までもが魔苔病に感染してしまい、孤児院では病人の面倒を見る人間がいなかったのだ。

メエエルは感染のさらなる拡大を危惧する。看病のかたわら、街内の罹患者《りかん》の把握と部下モンスターに病人の隔離指示を出そうとしていた。

そんな矢先に岩巨人《ゴーレム》の襲撃である。


岩巨人《ゴーレム》による破壊音は止まることを知らない。

アルジェナとメエエルは孤児院の屋根に登った。ここからなら状況が一望できる。

二人の目に映ったのは、建物の屋根を剥がして無理やり領民を取り出す岩巨人《ゴーレム》たちだった。

二人は敵のステータスを見て、冷や汗をかく。


「レ、レベル200……。そんな奴が数十体も……。厄介ね」


アルジェナの現在のレベルはレベル250。メエエルはレベル220である。

数体くらいならばなんとかなるであろうか。しかし、数が多すぎる。

加えて、彼女らの肌には緑色の斑点が浮かび上がっていた。

魔苔病の初期症状である。

そんなこととは知らず、アルジェナは怒りに震える。

彼女はずっとザウスタウンの発展を見てきた。

子供たちの笑顔でいっぱいの孤児院。貿易で活性化していく市場や商店。

みんなが協力して発展してきた街。

そんな街を破壊している岩巨人《ゴーレム》を許せるわけがなかったのだ。

彼女は剣を構える。


「やるわよ、メエエル。援護お願いね」

「ええ！」


二人は四体の岩巨人《ゴーレム》の下に突撃する。

「ギガファイヤー！」


メエエルの火炎魔法が岩巨人《ゴーレム》に命中する。しかし、岩巨人《ゴーレム》は攻撃をものともせずに、二人に拳を振るう。

大振りな岩巨人《ゴーレム》の攻撃を難なく躱すアルジェナとメエエル。回避されたパンチは大地を抉り、舗装された街路を大きく破壊した。

直撃を喰らえば相当なダメージであろうその威力に、二人は冷や汗を垂らす。

「アルジェナさん！　小さな攻撃では埒《らち》があきませんよ！」

「じゃあ、あれしかないわね」

と、力を溜め始めたアルジェナにメエエルは不敵な笑みで答えた。

「わかりました。時間を稼ぎます」

メエエルは先ほどの火炎魔法よりも上位の魔法攻撃を放つ。

「ギガフレア！」

大きな火球が上空から落下する。ドドドドッと岩巨人《ゴーレム》に命中した。

爆発とともに大量の煙が発生する。

その中から顔を出したのは無傷の岩巨人《ゴーレム》だった。

「くっ！　やはりダメです。物理じゃないとダメージが通りそうにありません。ですが……！」

メエエルの背後からアルジェナが飛び出した。

「時間稼ぎありがと！　たぁああ！　ブレイブスラッシュッ!!」

ザグゥウウウウウウウウンッ!!

稲光のごとき高速の斬撃が一体の岩巨人《ゴーレム》に命中する。

岩巨人《ゴーレム》の体は縦に一刀両断されていた。

「あは！　やったわ！」

「やりましたね！　アルジェナさん!!」

「この調子でいきましょう！」

「ええ！」

二人の連携は完ぺきだった。メエエルはアルジェナの。アルジェナはメエエルの呼吸を読んで攻撃を繰り出す。

ブレイブスラッシュを決め手とする連携攻撃で残りの三体も撃破した。

息つく暇もなく、二人は領民の救出に向かう。

残りの岩巨人《ゴーレム》は四十七体。

＊　＊　＊

五体目を倒し、六体目と対峙《たいじ》した頃。

二人の体に異変が起こった。

燃えるように熱くなり、体が急激に重く感じられた。さらに、頭痛とともに全身から大量の汗も噴き出ている。

アルジェナは自分の腕に緑色の染みを発見する。

「はぁ……はぁ……。こんな時に……」

魔苔病の発症である。

「アルジェナさん！　後ろ!!」

一瞬の隙を狙われたアルジェナは、岩巨人《ゴーレム》の攻撃を受けて吹き飛ばされる。

「きゃあッ！」

民家に激突した衝撃で、彼女がつけていたネックレスの魔石が外れ、転げ落ちた。

メエエルが急いで駆け寄る。

「アルジェナさん！」

「んぐ……。あ、あたしは大丈夫。回復お願い！」

「はい！　回復《ヒール》!!」

「よしッ!!　いっくわよぉ!!」

ザウスタウンは領民の悲鳴であふれていた。人々は逃げ惑い、建物の崩壊に涙を流す。

美しかった街並みが戦火に包まれていた。

アルジャナは涙が出そうになるのをグッと堪える。

(負けられない。あたしが……。あたしがこの街を守るんだ！)

地面に落ちた魔石は真っ赤に輝いていた。

第三十話　ピカリ草の採取

俺はここに二つの目的で来ている。

一つはピカリ草の採取。もう一つは実践的な修行だ。

俺の眼前にはレベル40のカースナイトが立っていた。

体高十五メートルはあるだろうか。かなり大きい。

案内役のサブが恐怖でガタガタ震えている。

「旦那ぁ。無茶ですぜ！　逃げやしょう！」

こいつはモブだからな。俺のステータスも敵のステータスも見ることはできない。そりゃこうなるか。

「まぁ、そう悲観するな。やってみなくちゃわからんだろ？」

「で、ですが、カースナイトは呪い攻撃を放つんですぜ！　呪われたら大変だ！　高熱が出たみたいにダルくなって弱体化するんですぜ！」

俺がサブの言葉に答えようとした時、カースナイトが目から黒い光線を発した。

「ああ！　呪われやしたぜ旦那ぁああ！」

「あ、うん。大丈夫だから」

「え!?　なんで??」

俺には『呪い効果無効』の固有スキルがあるからな。

カースナイトは巨大な剣を振り下ろしてくる。

「ああ、旦那ぁあ!!」

サブの絶望に満ちた声をよそに、俺はそれを軽々と躱す。

「よっと」

それから、剣身に乗って頭上を目指した。

「今度は俺の攻撃だ」

ダークスラッシュを使えば一撃で粉砕することは可能なんだろうがな。それじゃあ修行にならないんだ。なので剣を使わずに素手でやる。

いわゆる縛りプレイだな。

俺は正拳突きでカースナイトの急所っぽい所を連打した。

「これでどうだ」

俺が着地する頃には、カースナイトの動きは完全に止まっていた。

「だ、旦那?」

「ああ、ちょっと下がっていろ。崩れるからな」

「へ?」

サブが理解する間もなく、カースナイトはボロボロに砕けた。サブはカースナイトの砂にまみれる。

「でぇええ⁉」

カースナイトは湧き出る怪物《ワイテデール》だ。

だから、死んだら消滅する。

サブにかかった砂はしばらくすると消滅した。

こんな奴を一体だけ倒したところで修行にはならんな。もっと強い敵がいても良いくらいだ。

「カ、カ、カースナイトを倒しちまった……」

カースナイトが消えた場所には黒い宝石が落ちていた。

黒妖石だ。ギルドで売ればそれなりの金になる素材アイテム。

俺は黒妖石を拾って、サブに向かって放り投げた。

「ほれ。サブ。やるよ」

「え？　いいんでやすかい？　これは黒妖石だ。換金すれば結構な金になりやすぜ？」

「ああ。だったら、それが報酬ってことにしといてくれ」

「ほ、報酬？」

「色々、案内してくれたろ？　その報酬だよ」

「いやいやいや！　あ、あっしは旦那を襲ったんですぜ!?　その償いとして案内役をやってるんでさぁ」

「あんなのは遊びだよ」

「へ？」

「おまえがナイフを向けたところで、俺を襲ったうちには入らんさ。逆におまえと出会えてラッキーだったよ」

「えええ……。旦那……。器がデカすぎですぜ」


サブは黒妖石を見つめて申し訳なさそうな顔を見せた。


「だ、旦那ぁ……。でも、これはもらいすぎですぜ？」

「そうでもないさ。だって、サブはカースナイトがいることを知っていてここに来たんだろ？」

「ええ……。まぁ……。それがどういうことなんで？」

「おまえなりに命をかけて仕事をしたってことだ。だったら、それなりの報酬を貰《もら》うのは当然じゃないか」

「で、でも……。カースナイトを倒したのは旦那ですぜ。あっしはただ案内しただけだ。それに、あっしはゴロツキです。冒険者から金品を奪うだけのちんけな野郎だ。そんな人間がこんな報酬をもらうなんておかしいでさ」

「俺だって魔族さ。おまえと同じ悪側の存在だよ。悪いからって低い報酬でこき使っていいことにはならんさ」

「…………………」

サブは口を閉じ、ただじっと黒妖石を見つめている。何やら考え込んでいるようだが……。

「おい。そんなことより、ピカリ草を探すのを手伝ってくれよ」

「へ、へい！　この辺一帯にありやすから、たくさん採りやしょう！」

俺はサブの協力で山盛りのピカリ草を採取することができた。

ピカリ草は輝く葉っぱをしていた。相当に珍しい薬草だ。

「たしか、ピカリ草は球根で増えるって話でさぁ。薬効が強いらしいんで、葉っぱの部分より高値で売れるかもしれやせんね」

ふむ。球根で増えるなら、栽培も可能か。俺の領土で増やせば今後ここに取りに来る必要もなくなるな。

俺はピカリ草を異空間収納箱《アイテムボックス》に収納した。


その時、胸の内ポケットで何かが光る。

取り出すと、それは真っ赤に輝く魔石だった。

これは、アルジェナにプレゼントしたネックレスの魔石に同期させていた魔石だ。彼女になにかあれば赤く光って知らせてくれることになっている。

彼女と一緒に買い物に行った時にな。こっそり細工をしておいたんだ。

修行の一環でここに来たが、急いで戻った方がよさそうだな。


「サブ。俺は自分の領土に帰るよ」

「え!? 早すぎませんか!? 黒妖石を売れば大金が入りまさぁ。今夜はあっしが奢《おご》りますんで、酒場で豪勢にやりましょうや」

「俺の領土でなにかあったかもしれないんだ」

「ええ!? それは心配ですね」


俺はダークペガサスの下に向かった。

すると、ダークペガサスは地面に倒れてハァハァと荒い息をしていた。

「旦那ぁ！　呪われてますぜ！」


しまった……。さっきカースナイトの光線を受けたのか。

俺は固有スキルで問題はないが、ダークペガサスは呪われるんだった。

解呪は教会でしかできないのだが……。


「教会を案内してくれ」

「街には神父がいないんでさぁ。なので隣国まで足を運ばねぇといけやせんぜ」

「あんな大きな街に教会がないのか？」

「へぇ。荒《すさ》んだ街なんでさぁ」


俺はダークペガサスを異空間収納箱《アイテムボックス》に収納した。


「教会に行くのは時間がかかりそうだな。解呪は俺の領土でやるよ」

「あ、歩きで帰るんですか!?」

「いや。走って帰る」

「い、一緒ですぜ。海を渡るのはどうするんですか？」

「なんとかなるだろう」

「な、なるんすか？　も、もう旦那はなんでもありですね……」

高速移動の魔法を使えばなんとかなるだろう。ダークペガサスより速度は落ちるが海くらいは渡れるはずだ。長距離の移動は少々疲れるが、まぁ、これも修行の一環か。

「サブ。世話になった」

「せ、世話になったのはこっちのほうですぜ！　こんな立派な黒妖石までもらっちまって……」

「じゃあな。加速《アクセル》」

俺は勢いよく走り出した。

俺の背中にサブの声が響く。

「旦那ぁあ！　あっしはまともに働きますぜぇーー！　もうゴロツキは卒業でさぁーー！」

よくはわからんが、こいつが決めたことならそれでいいだろう。別に俺以外の人生なんてどうでもいいのだからな。

「旦那ぁあ！　お元気でぇーー!!」

俺は海の上を走って魔公爵領に向かった。
この速さならすぐに着くだろう。
別にアルジェナのことなんかどうでもいいがな。
彼女が危ないということは、俺の領土が危ないってことだ。

第三十一話　アルジェナの涙

ザウスタウンでは、あちこちで建物が崩壊し、煙が上がっていた。


「ハァ……ハァ……。メエエル。回復」

「すいません……。ハァ……ハァ……。魔力が底をつきました」

「そう……」


アルジェナとメエエルは体中が傷だらけだった。

その上、魔苔病は進行していた。高熱はさらに増し、強烈な頭痛で視界が歪む。

もう立っているのもやっとなほど、満身創痍《そうい》の状態だった。


二人は、街を警護している部下モンスターと合流して戦っていた。

破壊した岩巨人《ゴーレム》は七体。

残り四十三体の岩巨人《ゴーレム》はいまだ無傷の状態でザウスタウンの破壊を続けている。

アルジェナは合流したばかりのリザードマンに聞いた。

「援軍はまだなの!?」

「わからないリザ！」

少しでも情報がほしいアルジェナは建物の屋根に登って魔公爵城の方角を見る。

すると、魔公爵城の周囲を囲む森のあちこちから煙が上がっていた。

「大樹の泉も襲われているんだ……。だから、ゴブ太郎たちが来れない……」

その時である。

「アルジェナさん！　後ろ！」

「え!?」

アルジェナの背後に現れた岩巨人から放たれた拳が、彼女の体を叩いた。

「きゃあッ！」

彼女は屋根から落下する。

なんとか受け身を取ったアルジェナが起き上がろうとしたとき、彼女の瞳に赤く輝く魔石が映った。

（これは……。ザウスがプレゼントしてくれたネックレスについていた魔石……）

アルジェナが魔石を拾い上げようとした、その時。

領民たちの泣き声が響いた。

「いやぁああ!!」

「やめてぇえ!!」

「私たちの街を壊さないでぇ！」

「助けなんかいらない！」

「わしたちはこの街にいたいんじゃあ！」

「お母さん嫌だぁ！　えぇええん!!」

「パパァ！　うぇえええん!!」

岩巨人《ゴーレム》は領民たちを大きな飛空艇に連れ込んでいた。

カフロディーテの声が空飛ぶ水晶から響く。

『安心せぇ。わしは大賢者カフロディーテじゃ。魔公爵の領土は破壊し、お主たちを救ってやるのじゃ』

領民たちは、彼女の言葉に反論したが、その声が彼女に届くことはない。

『ははは！　感謝の言葉はあとで聞くのじゃ。岩巨人《ゴーレム》よ。奴隷たちを助けるのじゃ！』

岩巨人《ゴーレム》の猛攻は続く。

街を破壊し、領民を強引に連行していく。

アルジェナは肩で息をしながらその光景を見つめる。

「はぁ……はぁ……。や、やめてよ……」

彼女の悲痛な声が、ザウスタウンにこだまする。

「こ、ここはみんなの街なんだから……。みんなでがんばって……。モンスターと人間が協力して、みんなで作った街なんだからぁあ!!」

ザウスと買い物にいった市場。笑顔の絶えない孤児院。子供たちと遊んだ公園。宴会をした酒場。ザウスタウンには思い出がいっぱい詰まっている。その全てが岩巨人《ゴーレム》によって破壊されていく。

みんなを守りたい。

その一心でアルジェナは立ち上がろうとするが、魔苔病に犯された体はそれを許さない。

「どうして、どうして動かないのよ。あたしの体ぁ！　あたしは魔神狩りのアルジェナなのよ。みんなを守る最強の剣士なんだからぁ!!」

気がつけば泣いていた。

それは死に直面した恐怖からではない。人々を助けられない、無力な自分に対する不甲斐《ふがい》なさ。

「うぁああ!!　ブレイブスラッシュ!!」

どうにか立ち上がり放った渾身《こんしん》の一撃。

しかし、その攻撃は岩巨人《ゴーレム》に弾かれてしまう。本来の力であれば通じていたはずの技も、ダメージの蓄積と魔苔病によって防御されてしまうほどに弱体化していた。

「ああ……。ちくしょう!!」

彼女は奥歯を噛み締める。

「アルジェナさん！　逃げてください!!」

メエエルの声が響くと同時。岩巨人《ゴーレム》の大きな拳が襲いかかる。

（ああ、終わった……）

その時、彼女の脳裏にはザウスの顔がよぎった。

アルジェナは赤く輝く魔石を握りしめる。

（ザウス……！）

岩巨人《ゴーレム》の拳はアルジェナに激突した。

ガッ!!

（ああ、そんな……。ア、アルジェナさん……）

メエエルにとって、アルジェナは城内で初めてできた友人である。もう親友といっても過言ではないだろう。

そんなアルジェナと楽しくお茶を飲み、笑顔で語らった日々を思い返すと、メエエルは叫ばずにはいられなかった。

「アルジェナさーーんッ!!」

親友の凄惨な最期はとても直視できない……。涙があふれて視界がゆがむ。

「ううう……」

がしかし……。よく見ると岩巨人《ゴーレム》の様子がなんだかおかしい。

拳を突き出したまま動きが止まっているのだ。体をプルプルと震わして静止しているのである。

「ア、アルジェナ……さん？」

彼女は無事だった。

アルジェナも意味が分からないといった様子だ。

「「え…………!?」」

アルジェナの目の前には黒いマントの男が立っている。

「待たせた」

それは魔公爵の姿。

(ああ、あの声……。後ろ姿……。間違いありません)

その男は片手だけで岩巨人《ゴーレム》の拳を止めていたのだ。

「ザウス様!」「ザウス!」

二人が発した歓喜の声をよそに、ザウスは軽々と岩巨人《ゴーレム》の腕をもぎ取った。

「よっと……！」

そして、軽い蹴りでボディを粉砕してしまった。

あまりにも早い撃破。アルジェナはあっけにとられて、パチクリと目を瞬く。

「………………………す、すごい」

ザウスは彼女の方を向き尋ねる。

「みんなは無事か？」

「う、うん……。敵襲は領民を連れ出すのが目的みたい」

（この岩巨人《ゴーレム》は設定資料集で何度も見た。大賢者カフロディーテの物だ。彼女が攻めて来たのか……）

「……あ、ありがと。助かったわ」

「ん？　別におまえを助けたわけじゃないぞ。俺の領土を守っただけだ」

「な、なによそれぇ……。でも、どうして気がついたの？」

「この魔石が赤く光っていたからな。急いで来たんだ」

ザウスが取り出した魔石は彼女が持っている物と同じ種類だった。

「あたしにプレゼントしてくれたネックレスの魔石……？」

彼女はなにかを察したように頬を赤らめた。


「あ、ありがと……」

「なにがだ？」

「だ、だって……。この魔石……。あたしを守るためにプレゼントしてくれたってことでしょ。ちょっと照れるけど……。う、嬉しいわよ」

「は？　勘違いするな」

「え？」

「単なる裏切り防止だ」

「はい？」

「この魔石は、強い衝撃を受けるとリンクさせた同じ魔石とともに発光するんだ。まあこれはサブの機能で、本命は魔公爵領から出た時に光るように仕込んでおいたんだよ。要するに、万が一お前が裏切って逃げ出さないように保険をかけていたんだな」

「なによそれぇ！」

「おまえのことなんか考えてない」

（さて、残りの岩巨人《ゴーレム》を片付けるか。ちょうどいい修行相手になりそうだ）

ザウスは凄まじい速さで次々に岩巨人《ゴーレム》たちを破壊していく。すべて一撃。アルジェナとメエルが苦戦した岩巨人《ゴーレム》たちを軽い打撃のみで撃破してしまうのだった。

その光景に驚愕したのは、水晶で見ているカフロディーテである。

「な、何者じゃぁ!?」

と、聞いたところで、ザウスたちの声は彼女には聞こえない。

「ま、街を攻めた岩巨人《ゴーレム》が全滅じゃと!?　ええい！　ならばとっておきじゃあ！　岩巨人《ゴーレム》よ。集まれい！」

バラバラになった岩巨人《ゴーレム》の残骸が空中に集まる。

「合体！　ダイ岩巨人《ゴーレム》じゃ！」

それは巨大な岩巨人《ゴーレム》だった。

体高は三十メートルはあるだろうか。アルジェナはステータスを見て驚愕する。

「レベル400……!?　いくらなんでも強すぎよ！」

そんな彼女を尻目に、ザウスは黒い剣を異空間収納箱《アイテムボックス》から出現させた。

「ダークソード。そっちが合体して強化するんなら、俺も武器を使わせてもらおうかな」

ザウスは軽く飛び上がると、ダークソードを振り下ろした。

「よっと」

ザクン…………………!!

それは軽い斬撃音。

体高三十メートルはあろう巨体が真っ二つに両断された。

アルジェナはその光景に目を疑う。

「う……嘘!?」

巨体はバラバラになって地面に崩れ落ちた。

「うなーーーー！　一撃じゃとぉおお!?」

「うるさいな」

と、ザウスは空中に浮かぶ水晶を破壊した。

「じゃあ、これ」

異空間収納箱《アイテムボックス》から光る草を取り出すザウス。

山盛りの草にアルジャナは目を大きく見開いた。

「え？　な、なにこれ!?」

「ピカリ草。葉を嚙《か》めば魔苔病は治る」

「ま、まさか。もう採ってきたの⁇」

「ああ」

「は、早すぎよ……。子供たちのことがよっぽど心配だったのね」

「別に人助けが目的じゃないさ。自分の領土の問題を解決しただけだ」

「あ、ありがと……」

「俺にとっては自分の領土で病気が流行るのが困るだけだよ。だから、誰かのために戻って来たわけじゃないいさ」


アルジェナは呆れたように笑う。

（……ザウスってば素直じゃないんだから。必死で戻って来たのが、汗を見たらバレバレよ）


「じゃあ、ちょっと大樹の泉に行ってくる」

「も、もう行っちゃうの？　少し休んでからみんなで行けばいいじゃない」

「いや。急いだ方が被害は少ないからな」


そう言って凄まじい速さで走り出す。

（岩巨人《ゴーレム》の殲滅《せんめつ》は最適な修行になるな）

アルジェナは遠ざかる彼の背中を見つめながらポツリと呟《つぶや》く。

「ゴブ太郎たちが心配なのね……」

呆れながらもザウスに対する感謝の気持ちでいっぱいだった。

気がつけば再び涙が溢れている。これは助かったことの安堵だろうか。それとも、歯に衣着せぬ彼の態度がなんだか爽やかだったからだろうか。ザウスの言葉は冷たいけれど、彼女の心は不思議と満たされていた。

「んもう。…………ザウスのバカ」

第三十二話　和解

俺は大樹の泉に向かっていた。

岩巨人《ゴーレム》は五十体くらいかな？

レベルは街のやつと同じか。

パンチで破壊。キックで両断。さらに、岩巨人《ゴーレム》たちを空中に投げて空中コンボを決める。


ドバババババババン！


全て粉砕。

これで半分くらいかな？

よし。今度はローキックで脚を破壊してから、上半身はチョップで切断だ。

後ろから岩巨人《ゴーレム》が攻撃してきたが、こんな鈍い拳が当たるわけがない。

なんなく躱して頭をもぎ取ってやった。あまった胴体は有効活用してやろう。

持ち上げて岩巨人《ゴーレム》が密集している部分に投げる。

「おりゃ」

爆発と同時に岩巨人《ゴーレム》たちが浮いたから、そこを連撃で撃破だ。

ズバババババババン!!

「よし。終わった」


良い運動になったな。

それにしても、なぜカフロディーテが攻撃してきたんだ？

理由も聞かないといけないし、今後のことも考えると彼女に会うのが効率的か。

俺が考えをまとめている横では、モンスターたちが両手を挙げて助かったことを喜び、俺を称賛していた。


「ザウス様は最強ゴブ！」

「ザウス様万歳ハピ！」

「ザウス様、ありがとうございますリザ！」

「流石はザウス様ブゥ」

いや。別におまえたちの命を助けたかったわけじゃない。

俺は自分の部下を減らしたくなかっただけだ。


と言いたかったが、傷だらけのモンスターたちに言うのは酷だよな。

やる気を削《そ》ぐのは領土復興の妨げになるだろう。

ザウスタウンは岩巨人《ゴーレム》の攻撃でボロボロだ。

その再建にはモンスターの力が必要になる。この喜んでいる状態で協力を仰ぐのがベストか。

俺はモンスターたちに傷の手当てをした。そして、回復次第ザウスタウンに向かい復旧の手伝いをするように指示を出した。

これで領内は問題ない。よし、

「加速《アクセル》」


俺は高速移動魔法でソリチュー島へと上陸した。

島の真ん中にそびえ立つ塔の最上階に大賢者はいるんだったな。

俺は塔の外壁を駆け上って最上階へ入った。


「あわわわわ！　お、お主は何者じゃぁああああ！」

見た目は十一歳。しかし、その実年齢は千百歳だ。

魔法少女を彷彿とさせる可愛い服装をした少女……。いわゆるロリババァ。

カフロディーテは宙に浮かぶ椅子に座っていた。俺が目の前に立つと、手足をバタバタとさせる。

俺は、彼女が作ったレベル４００のダイ岩巨人《ゴーレム》を一撃で倒したからな。脅威と感じるのは当然の反応だろう。

それになにより、彼女のレベルは２２０だ。俺が倒した岩巨人《ゴーレム》より低い。

「俺はゴォザックの息子ザウスだ。爵位を継いで魔公爵になった」

「ぬぅう！　い、隠蔽の魔法でステータスを隠しておるのか……。じゃったら付与魔法消滅《ディスペル》じゃ！」

「却下」

「弾かれた⁉　うぐ！　レベルがわからぬ……」

カフロディーテは汗をダラダラとかいた。

「わ、わしを殺すつもりか？　そ、そうはいかんぞ……」

と、臨戦態勢をとる。彼女を中心に炎と水の塊が周回を始める。

「おい。勘違いするな。まずは理由を聞きたい。どうして俺の領土を攻撃したんだ？」

ブレクエのメインストーリーでは、彼女はメコンデルラ領の管理下にあって、中ボスとは絡まないはずだ。

彼女が登場するのは勇者が中ボスを倒して魔王を討伐することになってからのはず……。

「お、お主の方からわしの島に攻撃をしたのじゃろうが！」

「なんのことだ？　俺は知らんぞ」

「ふざけるな！　これを見よ！　わしの大事な芸術品がバラバラじゃあ！」

と、空中に浮く水晶を指差す。そこには島の海岸から煙が上がっている映像が映っていた。地面には光り輝く珊瑚の破片が散らばっている。どうやら記録映像らしい。

誰がなにの目的でやったのかはわからないが、被害は海岸の一箇所だけ……。

「いや。知らん」

「嘘をつくな！　メコンデルラ領からの攻撃と見せかけて人間とわしを揉《も》めさせようとしたのじゃ

ろう！」

「……そんなことをしてなんになるんだ？」

「そ、それは……。大賢者であるわしに脅威を感じてじゃなぁ。人間と争えば自分の手を汚さずに消し去ることができるじゃろう」

「回りくどいな。それ意味あるのか？」

「え？」


俺は隠蔽の魔法を解いた。


「ぎゃああ！　な、なんじゃそのレベルはぁああ!?」

と、カフロディーテは座っていた椅子から転げ落ちた。

その瞬間、ミニスカートがペロンとめくれて熊模様のパンツが見えてしまう。

「あわわわわ！　見るなぁ！」

「いや。おまえが勝手に見せているんだ」

パンチライベントはゲームでも人気だったな。熊の絵が描いているお子様パンツ。こいつの年齢は千百歳だからな。一応、合法の範囲……。いや、そんなことはどうでもいいか。


「これが俺のステータスだ。おまえなんか敵とも思ってないよ」

「ぬぐぐ……。レベル４００のダイ岩巨人《ゴーレム》が負けるわけじゃ……」

「誤解は解けたか？」

「わ、わしを殺しに来たのか？」

「だから、そんなことをして俺に得があるのか？」

「じゃ、じゃったら帰れ！　ま、魔族と話すことなんぞない！」


いや。それはそれで勿体ない。彼女は勇者の仲間になる人材だからな。

どうせなら、その道を潰しておいた方がいい。

カフロディーテの警戒心が強いな。ちょっと落ち着かせてやろうか。

そういえば、異空間収納箱《アイテムボックス》に色々入っていたな。

俺は異空間からテーブルと椅子。お茶とお菓子を取り出した。

お茶は炎の魔法で温めてっと。クッキーはメエエルが焼いてくれた美味いとっておきのやつだ。


「まぁ、座ってくれ。話をしよう」

カフロディーテは怪訝な顔をしながらも席についた。

彼女が目を細めると、お菓子とお茶から数式が表示される。どうやら毒が入っていないことを確認しているようだ。

毒がないことが分かったカフロディーテは、クッキーに手を伸ばした。

俺はお茶を口に含む。

見ると彼女はクッキーを気に入ったらしく、リスのように頬を膨らませて食べていた。

場が和んだことを確認した俺は、カフロディーテに本題を切り出した。


「俺の仲間になってくれ」

「ぶはぁーーーーッ？」


クッキーのカスが俺の顔に付着する。ちょっとタイミングが悪かった。

俺は異空間収納箱《アイテムボックス》から金貨の袋を取り出した。

「ただとは言わん。ひとまず十万コズンある。これで魔公爵領にスカウトしたい」

「な、なんじゃと!?」

こいつは魔研究が生き甲斐《いがい》なんだ。

研究には金がいる。大金を条件にすれば悪くない話のはずだ。

「魔研究は俺の城でやればいいさ。俺の領土の発展に協力してくれるなら毎月それ相応の給金も出すよ」

「ま、待て待て。わしはお主を殺そうとしたんじゃぞ？」

「誤解は解けたさ」

「わ、わしはお主の作った街を壊してしまったのじゃぞ？」

「ああ、だったら仲間になって復興を手伝ってくれればいいさ」

「人類の敵である魔公爵の仲間になんぞなれるものか！　そもそも奴隷を解放しないお主が悪いんじゃ！」

「奴隷なんかいないぞ？　街の人間はザウス領の領民だ」

「へ？」


俺は奴隷制度を廃止したことを伝えた。

しかし、俺の言葉だけではカフロディーテは納得しなかった。

そこで俺は、カフロディーテにザウスタウンを実際に見てみることを提案する。


「うむぅ……」

と、疑いの表情を見せながらも提案を了承したカフロディーテ。

俺たちは彼女の飛空艇に乗り、ザウスタウンに飛んだ。

領民にカフロディーテを紹介すると、みんなの怒号が飛び交った。


「ふざけんなぁ！」

「私たちの街を返して!!」

「ザウス様の下、モンスターと人間が一緒になって作った街なんだ!!」

「ザウスタウンを返せ!!」

「僕の家が無くなっちゃったよ。うわぁあん！」


カフロディーテはアワアワと狼狽《うろた》える。

「い、いや……。わしはみんなを救おうとしてじゃな……」


事実。彼女が操っていた岩巨人《ゴーレム》は領民に怪我を負わせていない。

破壊したのは街の建物だけだ。

「みんな聞いてくれ。彼女とは誤解があったんだ。そこからこんなことになってしまった。今は誤解が解けている。カフロディーテを責めないでやってくれ。危害を加えるつもりはなかった。彼女はみんなを救おうとしただけなんだ」

俺は街の損害を補填することを約束をした。まぁ、こんなことは支配者としては当然だがな。
俺の説明で「ザウス様がそういうなら」と領民たちの怒りも鎮まっていく。
カフロディーテは申し訳ない気持ちでいっぱいになっているようで、小さく声を発した。

「わ、悪かったのじゃ……。み、みんなの街を壊してしまって……」

彼女の心からの謝罪の言葉に領民たちの強張《こわば》った顔はほぐれた。
ふむ。

「どうだカフロディーテ？　俺の領土に奴隷なんていないだろ？」
「たしかに……。領民たちはフリーじゃな。奴隷契約がされておらん」

しかし、カフロディーテは腕を組んで考えた。

「う、ううむ……。人間とモンスターが共存するじゃと……？　し、信じられん」

「俺の領土ではモンスターが農業をしててな。ザウスタウンの経済成長は順調さ。みんなやり甲斐をもって生活している。毎日が楽しいんだ」

「た、楽しいじゃと？」

「そ。楽しいは正義だ」

「た、楽しいは……正義……」


楽しければやる気が出る。やる気が出れば効率的に働いてくれる。支配者に対するヘイトも減るだろうしな。全てうまく回るんだ。

とその時、領民たちがカフロディーテに声をかけた。


「大賢者様もザウスタウンに住めばいいさ」

「そうだよ。あんたもこの街に住めばもっと良さがわかるさ」

「ザウス様を信じれば、ずっと幸せに暮らせるわよ」

「お姉ちゃんも住みなよ。絶対に楽しいよ」


カフロディーテは再び難しい顔になる。

「お、お、おかしいじゃろうがぁああ！」

ん？


「なにが？」

「人間に慕われる魔公爵なんておかしいと言っておるのじゃ！」

別に慕われてはいないと思うんだが……。領民は支配者に媚びて自分の待遇をよくしようとしているだけにすぎん。とはいえ、ゲームでは恐怖で支配していたからな。彼女にしてみればおかしいと感じるのは当然か。


「魔公爵は人間を奴隷にして悪行の限りを尽くす邪悪な存在のはずじゃあ！」

「ああ、それはそうだぞ。俺は自分のことしか考えていないからな。悪の中の悪だ」

「領民たちの目がキラキラと希望に満ちておる。優しい気持ちが芽生えておる！　これのどこが悪なんじゃぁああ！」

「いや。効率を重視しているだけにすぎん。支配者と領民は互いの利害関係で成り立っているのだ。正しさなんてこれっぽっちもないから安心してくれ」

「わしは信じぬぞ！　優しい魔公爵なんて絶対に信じんからなぁあ!!」

いや……。俺に優しさなんて一ミリもないんだがな……。


カフロディーテは飛空艇に乗って帰って行った。

結局、彼女をスカウトすることはできなかったようだ。

俺は孤児たちの元へと向かった。

建物が倒壊しているから気を落としているかもしれない。


「あ、ザウス様だ！」


孤児たちは俺を見るなり抱きついて来た。

俺は子供に揉みくちゃにされる。

どうやらピカリ草の効果で魔苔病が治ったらしい。


「ザウス様ぁあ！」

「ありがとうございます。ザウス様！」

「わは！　ザウス様。お帰りなさい！」

「ザウス様ぁ！　僕、こんなに元気になったよ」

「私も私も」

「ザウス様のおかげです！」

「ザウス様。ザウス様ーー！」


子供は元気があっていい。

病み上がりでもこの活力だ。

将来は俺のために働く貴重な労働力になるだろう。

そこにアルジェナが呆れた様子で近づいてきた。


「ザウスって子供に大人気よね」

ククク。労働力の命を守る……。これぞ将来に対する投資だ。

＊　＊　＊

ザウスタウンの復興作業が始まった。

岩巨人《ゴーレム》が破壊した街の修復には相当な時間を食いそうだ。

まぁ、この機会に大幅にリフォームして、以前より快適な街にすればいいだろう。インフラとか、もっと充実させたかったんだ。

俺はモンスターに指示を出しながら、建築作業に勤しむ。

そんな時。

街の前に岩巨人《ゴーレム》が十体現れた。

領民が驚愕する中、空飛ぶ水晶から声がする。

「わ、わしが壊した街じゃからな。復興を手伝うのは当然じゃろう……。じゃ、じゃからって仲間になったわけじゃないからな！」

彼女は正義感が強い。

それでいて思いやりがあって優しい女の子だ。

ブレクエでもそこが魅力で人気になったキャラクターだったしな。

岩巨人《ゴーレム》のおかげで大規模な工事が捗る。

俺は空飛ぶ水晶に向かって図面を見せて説明した。だが、一向に彼女に意図が伝わっている感じがしない。

すると、空飛ぶほうきに乗ってカフロディーテがやって来た。

「ええい。この水晶は声は出せても音は聞こえんのじゃ」

「だったら、始めから来てくれればいいのに」

「わ、わしは仲間にはならんのじゃ！」

「みんな歓迎してくれるぞ？」

「う、うるさい！　で、なんの質問じゃ？」

俺は図面を見せながら、

「ここなんだけどさ。トイレと下水。どうやったら快適になるかな？」

「ふむ、なるほど。ならば、ここをこうしてじゃな……」


流石は大賢者。彼女のアドバイスは的確だった。これでザウスタウンは更に発展できるだろう。

岩巨人《ゴーレム》の手伝いもあって、ザウスタウンの復興作業は急速に進むのだった。

第三十三話　大賢者の想い

ザウスタウンの復興は順調に進んでいる。

わずか数日で人が住める水準まで修繕された。


俺はみんなと飲み会を開くことにした。

モンスターと領民たちとの士気を高めるのが目的だ。

間違っても、努力を労《ねぎら》ったり友情を深めたりなどという不健全な目的ではない。

みんなで楽しく酒を飲み、やる気を出した方が復興作業は捗るのである。


——夜。


ザウスタウンの街灯はピカリ草が担ってくれる。

これは復興作業の流れでカフロディーテに依頼をして、ゴーレムたちに植えさせたものだ。

煌々《こうこう》と光を放つ葉っぱは、とても神秘的な印象をザウスタウンに与えてくれる。

ザウスタウンの広場には、大勢の領民とモンスターが集まっていた。アルジェナをはじめ、メエルやスターサもいるが、カフロディーテまでもがその飲み会に参加していた。

俺はコップを片手に挨拶をする。

「みんな！　ザウスタウンは更に住みやすい街になっている。破壊されて逆に良かったと言ってしまっても過言ではない。このまま一気に復興作業を進めてしまおう！　ザウスタウンは不滅だ！　乾杯！」

みんなは俺の合図でグラスを重ねる。「乾杯！」という声は、ザウスタウンの外にまで聞こえるんじゃないかと思うほどに大きなものだった。

モンスターと人間が楽しく酒を飲み交わす。領土発展において最も理想的な形ではないだろうか。

しかし、少々味気ない気がするな。単なる飲み会だけだと一体感に欠ける。

もっと、刺激が欲しい……。

そうだ。町長の家の物置部屋には楽器が置いてあったな。

「なぁ。町長の他にも楽器を弾ける奴はいたよな？」

「ええ……。音楽を趣味にしている者は複数おりますが……。それがなにか？」

「ちょっと、みんなで弾いてみてくれよ」

「えええ!?　恐れ多いのですじゃ！」

「別に気にするなよ。聴いてみたいんだ」

「で、では……。仲間を集めてまいります」

町長は頬を赤らめながら、いそいそと仲間を探しに行った。


数分後。十数名の多種多様な楽器を持った者が現れる。

弦楽器、管楽器、打楽器。色々とある。どれも手作りみたいだが、なかなかの出来栄えだ。

町長の号令で音楽が奏でられた。


ああ、さりげにブレクエのフィールドBGMじゃないか。これ好きなんだ。

みんなも村長たちの奏でる曲に耳を傾ける。

そんな中、アルジェナは町長になにか話しかけていた。

すると、音楽は軽快なリズムを奏でる民族曲に変わった。

これはたしか、ツルギ村のフィールドBGMだったかな。

「ねぇ。ザウス。この曲はアースデア大陸に伝わる伝統曲なのよ」


と、俺の手を握る。

「ね。踊りましょうよ」

はい？


「いや。俺は踊ったことはないが？」

「簡単よ。二人一組になって両手を繋いで右足と左足を交互に踏むだけだから」

「いや。あのな……ちょっ……」

「いいから、いいから。簡単簡単」


俺はアルジェナの強引な誘いに仕方なく踊ることになった。

しかし、やってみると楽しいものだ。


「アハハ！　上手いわよザウス。今夜は最高ね」


踊りは本当に簡単で、ただ曲に合わせて体を揺らすだけだった。

これなら、ダイエット。ストレス発散。健康と……どれにでも活《い》かせそうだな。

などと思って踊っていると、他のみんなも真似て踊り始めた。

モンスターも人間も、老人も子供も。女も男も。みんなが一緒になって踊り出す。

いつの間にか曲のタイミングでパートナーが交代して踊るようになっていた。

そんな光景を一人でポツンと見つめていたのはカフロディーテだった。


「おまえも一緒にどうだ？」

「わ、わしも？　い、いやいい！　わしは大賢者じゃぞ！　大賢者が魔族と踊るなんて聞いたこともないわい。わしは絶対にやらんからな！」

「いいから、いいから。簡単簡単」

「いや、あのな！　ちょ！」


俺は強引に彼女の両手を取って踊った。


「ほら。簡単だろ？」

「ま、まぁな」


カフロディーテは顔を赤らめながらもまんざらでもない雰囲気だった。

この踊りは不安解消の効果もあるかもしれない。


「し、しかし少々単調すぎるのじゃ」

「よし、んじゃこういうのはどうだ?」

俺は曲に合わせて彼女をクルクルと回した。

「はわわわわわ!」

みんなはそれを見て大盛り上がり。

ふむ。もっと刺激的にいくか。

俺は、彼女を上空に放り投げた。二十メートル以上は上がったか。

「うん。これなら刺激があっていいだろう」

初めは驚いていた彼女だったが、上空に上がった瞬間にニヤリと笑った。

「ふん! ザウスめ。なかなかやりよるわい。じゃったらわしも」

と、上空に大きな火球を飛ばし、それを破裂させて大きな花火を作った。

みんなはその花火の迫力に歓喜の声を上げる。飲み会は更に盛り上がった。

飲み会の終わり。
俺はカフロディーテに十万コズンの袋を渡した。
以前は断られた金なんだがな。今回は受け取ってくれた。

「じゃ、じゃからって魔族とは仲間にならんからな！」

そう言って自分の島へと帰って行った。
まぁいいさ。金を受け取ったということは、仲間になるのを考えてくれるということだろう。
ククク。やはり、金の魅力には抗《あらが》えまい。金こそ全てなのだ。自己に利益があれば必ず仲間になってくれる。利害関係の一致こそが正義。おまえは俺の仲間になるのだ。
ククク。仲間になれば月額の報酬がもらえるからな。

「クハハハ！　金の虜《とりこ》になれぇ！　おまえをとことんまで支配してやる！　金の魅力でなぁあぁ‼」

〜〜カフロディーテｓｉｄｅ〜〜

ソリチュー島。

カフロディーテは帰るなりベッドに身を沈めた。

「ブハ！　…………………ザウス」

彼女の脳内には、彼と一緒に踊った映像がグルグルと回っていた。
ザウスの笑顔、仕草、匂い。その全てが彼女の心を打ちぬいていた。

「ザウス！　ザウス！　ザーーウス‼」

連呼しながら枕をボフボフと叩く。
小棚の上に置いた十万コズンの袋が目に入るとそれを手で払った。

「こんな金いらーーん！」

(なんじゃこの気持ちぃ。ザウスのことを考えると心臓がドキドキして止まらん。なんなんじゃこの気持ちぃーー！)

齢千百歳にして、初めての感情だった。

「も、もしかしてこれは……。こ、恋……とか？　いやいや。ないない！　奴は魔族じゃぞ！　邪悪な魔族に大賢者が恋をするなんてあり得んのじゃ!!」

持ち前の正義感が気持ちを否定する。

「でも、会いたいのじゃあああ!!　ずっとそばにいたい！　会いたくてたまらん。ザーーウス!!」

再びベッドをボカボカと叩く。

「あ奴の顔がちょっとでも笑ったら、もうキュンとなって嬉しくって空にも飛んだ気持ちになってしまうのじゃぁあ!!」

とバタバタ。枕に何度もヘッドバッドをかます。

「グハァ！　ザーーウス！」

彼女の脳内ではどうにかして彼に会う理由を探っていた。

そして、一つの真理へと到達する。

（そうじゃ！　あ奴はわしのパンツを見たのじゃ！　千百年生きてきて、わしのパンツを見たのはあの男が初めてなんじゃ！　そうじゃ。その責任を取る必要があるのじゃ。絶対にある！　悪いのはザウスなんじゃ！）

「だって、わしのパンツを見たんじゃもん‼」

～～セアｓｉｄｅ～～


メコンデルラの図書館ではテーブルに本が山積みされていた。

本を読み焦っているのは勇者たちである。

セアはメコンデルラの歴史について書かれた本の一行に震える。

「つ、ついに見つけたぞ。ソリチュー島の行き方！」

「やったわねセア。ロジカルに考えて、これで大賢者に会えるわよ」

「ああ！」

ソリチュー島の周囲の海は荒れている。とても船が出せる状態ではなかった。

しかし、特殊な場所に入ることができれば簡単に移動ができるのである。

本来ならば中ボスを倒してから行く場所なのだが……。

「目指すは『転移の祠』だ。そこには転移魔法陣がある！」

（ククク。大賢者が仲間になれば魔公爵に勝てるぞ！　たぎるぜ!!）

セアは勝ち誇ったようにニヤリと笑うのだった。

あとがき

こんにちは。神伊咲児《かみいさくじ》です。

この度は本作をお手に取っていただき、誠にありがとうございました。

読者の皆様には心よりお礼申し上げます。


さて、本作を読んでいただき、いかがだったでしょうか？

少しでも面白いと感じていただけましたら、私は歓喜の舞を踊ります。

本作はＫＡＤＯＫＡＷＡ様が運営されている小説サイト、カクヨムで連載していた作品の書籍版となります。

人生、はじめての書籍化。つまり、プロ作家デビュー作品ですね。

プロ作家になることは私の夢でした。皆様にはその一冊目をご購入していただいたというわけです。

本当に心からお礼が言いたいです。「ありがとうございます！」

ザウスがゲーム内世界に転生したように、皆様とは不思議なご縁を感じますね。

ザウスは悪役主人公なんですけどね。そんなキャラを許容して、しかも、私のあとがきまで読んでくれるなんて……。さてはあなた……いい人だな？　そうとしか考えられませんよ。もうはっきり言って好きですね（爆）。

ＷＥＢと書籍。両方読まれている方ならお気づきかと思いますが、本作はかなり書き下ろしております！

ＷＥＢ小説の雰囲気を壊さずに、それでいて書籍としての読み応えが出るように書いてみました。私の書くキャラは全体的に濃いのですが、それが書籍版になって更に色濃くなった感じがしております。私はどのキャラにも愛着があって大好きなんです。

魔公爵領のモンスターたちって、なんだか可愛いと思いませんか？　そして、優しい子たちなんです。でも、従来は人間を襲う怖い怪物ですよ。なのに、可愛くて優しくなっちゃった。それはきっと、上司が変わったからだと思うんですよね。主人公の影響で、可愛くも優しくにもなれてしまう。私はそんな物語が大好きなんです。

書籍版はどうだったでしょうか？　よければ、ＳＮＳなどでレビューや感想を書いていただけると、再び歓喜の舞を踊ります。

締めの言葉に入らせていただきます。

素敵なイラストを書いていただいた片桐《かたぎり》先生。先生のお陰で今作の世界観が広がりました。ザウスはカッコイイし、ヒロインはどの子も可愛い！　とても感謝しております。

そして、今作を拾っていただいた編集部の皆様。深く深くお礼を申し上げます。

ＷＥＢ小説でコメントや素敵なレビューを書いてくださった皆様にも感謝しております。

ＷＥＢ小説の制作時点から相談を聞いてくれている友人にもお礼が言いたいです。

皆様の協力がなくては今作は誕生しませんでした。本当に感謝の気持ちでいっぱいです。

最後に、繰り返してしまいますが、もう一度言わせてください。

読者の皆様。今作をお読みいただき、本当にありがとうございます！

引き続き、応援のほど、どうかよろしくお願いいたします。

神伊咲児でした。

異《い》世《せ》界《かい》最《さい》強《きょう》の中《ちゅう》ボスはレベル999
～勇者《ゆうしゃ》はカンストレベルを99だと勘違《かんちが》いしているようです～

著者／神《かみ》伊《い》咲《さく》児《じ》
イラスト／片《かた》桐《ぎり》

2025年3月17日　初版発行

発行者／山下直久
発行／株式会社KADOKAWA
〒102-8177　東京都千代田区富士見2-13-3
0570-002-301（ナビダイヤル）
印刷／TOPPANクロレ株式会社
製本／TOPPANクロレ株式会社

【初出】……………………………………………………………………………………………………
本書は、カクヨムに掲載された『転生した中ボスはレベルを999にして主人公を迎える～勇者はカンストレベルを99と見誤っているようです～』を加筆・修正したものです。

ISBN978-4-04-916292-9　C0093　Printed in Japan　◇◇◇

ファンレターあて先
〒102-8177
東京都千代田区富士見2-13-3
電撃の新文芸編集部
「神伊咲児先生」係
「片桐先生」係

異世界から来た魔族、拾いました。

うっかりもらった莫大な魔力で、ダンジョンのある暮らしを満喫します。

著／Saida
イラスト／KeG

もふもふ達からもらった規格外の魔力で、自由気ままにダンジョン探索！

　少女と犬の幽霊を見かけたと思ったら……正体は、異世界から地球のダンジョンを探索しに来た魔族だった!?
　うっかり規格外の魔力を渡されてしまった元社畜の圭太は、彼らのダンジョン探索を手伝うことに。
　さらには、行くあての無い二人を家に住まわせることになり、モフモフわんこと天真爛漫な幼い少女との生活がスタート！　魔族達との出会いとダンジョン探索をきっかけに、人生が好転しはじめる――！

電撃の新文芸

異世界のすみっこで快適ものづくり生活
～女神さまのくれた工房はちょっとやりすぎ性能だった～

著／長田信織
イラスト／東上文

転生ボーナスは趣味の
モノづくりに大活躍――すぎる!?

　ブラック労働の末、異世界転生したソウジロウ。「味のしないメシはもう嫌だ。平穏な田舎暮らしがしたい」と願ったら、魔境とされる森に放り出された!?　しかもナイフ一本で。と思ったら、実はそれは神器〈クラフトギア〉。何でも手軽に加工できて、趣味のモノづくりに大活躍！　シェルターや井戸、果てはベッドまでも完備して、魔境で快適ライフがスタート！　神器で魔獣を瞬殺したり、エルフやモフモフなお隣さんができたり、たまにとんでもないチートなんじゃ、と思うけど……せっかく手に入れた二度目の人生を楽しもうか。

電撃の新文芸

ダンジョン付き古民家シェアハウス

著／猫野美羽
イラスト／しの

ダンジョン付きの古民家シェアハウスで自給自足のスローライフを楽しもう！

　大学を卒業したばかりの塚森美沙は、友人たちと田舎の古民家でシェア生活を送ることに。心機一転、新たな我が家を探索をしていると、古びた土蔵の中で不可思議なドアを見つけてしまい……？　扉の向こうに広がるのは、うっすらと光る洞窟——なんとそこはダンジョンだった!!　可愛いニャンコやスライムを仲間に加え、男女四人の食い気はあるが色気は皆無な古民家シェアハウスの物語が始まる。

電撃の新文芸

派遣侍女リディは平穏な職場で働きたい

没落した元令嬢、ワケあって侯爵様に直接雇用されましたが、溺愛は契約外です！

著／琴乃葉
イラスト／朝日川日和

目立たず地味に、程よく手を抜く。
それが私のモットーなのに、
今度の職場はトラブル続きで——

街の派遣所から王城の給仕係として派遣された、元男爵令嬢のリディ。目立たずほどほどに手を抜くのが信条だが、隠していた語学力が外交官を務める公爵・レオンハルトに見抜かれ、直接雇用されることに。城内きっての美丈夫に抜擢されたリディに、同僚からの嫉妬やトラブルが降りかかる。ピンチのたびに駆けつけ、助けてくれるのはいつもレオンハルト。しかし彼から注がれる甘くて熱い視線の意味にはまったく気づかず——!?

電撃の新文芸

全話完全無料のWeb小説&コミックサイト

電撃ノベコミ+

NOVEL 完全新作からアニメ化作品のスピンオフ・異色のコラボ作品まで、作家の「書きたい」と読者の「読みたい」を繋ぐ作品を多数ラインナップ。

ここでしか読めないオリジナル作品を先行連載!

COMIC 「電撃文庫」「電撃の新文芸」から生まれた、ComicWalker掲載のコミカライズ作品をまとめてチェック。

電撃文庫&電撃の新文芸原作のコミックを掲載!

電撃ノベコミ+ 検索

最新情報は
公式Xをチェック!
@NovecomiPlus